AF202664

Tucholsky · Wagner · Zola · Scott · Sydow · Freud · Schlegel

Turgenev · Wallace · Fonatne

Twain · Walther von der Vogelweide · Fouqué · Friedrich II. von Preußen

Weber · Freiligrath · Frey

Fechner · Fichte · Weiße Rose · von Fallersleben · Kant · Ernst · Richthofen · Frommel

Hölderlin

Fehrs · Engels · Fielding · Eichendorff · Tacitus · Dumas

Faber · Flaubert

Eliasberg · Ebner Eschenbach

Feuerbach · Maximilian I. von Habsburg · Fock · Eliot · Zweig

Ewald · Vergil

Goethe · Elisabeth von Österreich · London

Mendelssohn · Balzac · Shakespeare

Lichtenberg · Rathenau · Dostojewski · Ganghofer

Trackl · Stevenson · Doyle · Gjellerup

Tolstoi · Hambruch

Mommsen · Lenz · Hanrieder · Droste-Hülshoff

Thoma

Dach · Verne · von Arnim · Hägele · Hauff · Humboldt

Reuter · Rousseau · Hagen · Hauptmann · Gautier

Karrillon · Garschin

Damaschke · Defoe · Hebbel · Baudelaire

Descartes · Hegel · Kussmaul · Herder

Wolfram von Eschenbach · Dickens · Schopenhauer

Bronner · Darwin · Melville · Grimm · Jerome · Rilke · George

Campe · Horváth · Aristoteles · Bebel · Proust

Bismarck · Vigny · Barlach · Voltaire · Federer · Herodot

Gengenbach · Heine

Storm · Casanova · Tersteegen · Gilm · Grillparzer · Georgy

Chamberlain · Lessing · Langbein · Gryphius

Brentano · Lafontaine

Strachwitz · Claudius · Schiller · Kralik · Iffland · Sokrates

Katharina II. von Rußland · Bellamy · Schilling

Gerstäcker · Raabe · Gibbon · Tschechow

Löns · Hesse · Hoffmann · Gogol · Wilde · Vulpius

Luther · Heym · Hofmannsthal · Gleim

Roth · Klee · Hölty · Morgenstern · Goedicke

Luxemburg · Heyse · Klopstock · Puschkin · Homer · Kleist · Mörike

La Roche · Horaz · Musil

Machiavelli

Navarra · Aurel · Musset · Kierkegaard · Kraft · Kraus

Nestroy · Marie de France · Lamprecht · Kind · Kirchhoff · Hugo · Moltke

Nietzsche · Nansen · Laotse · Ipsen · Liebknecht

Marx · Lassalle · Gorki · Klett · Leibniz · Ringelnatz

von Ossietzky · May · vom Stein · Lawrence · Irving

Petalozzi · Platon · Knigge

Sachs · Poe · Pückler · Michelangelo · Kock · Kafka

Liebermann · Korolenko

de Sade · Praetorius · Mistral · Zetkin

Der Verlag tredition aus Hamburg veröffentlicht in der Reihe **TREDITION CLASSICS** Werke aus mehr als zwei Jahrtausenden. Diese waren zu einem Großteil vergriffen oder nur noch antiquarisch erhältlich.

Symbolfigur für **TREDITION CLASSICS** ist Johannes Gutenberg (1400 — 1468), der Erfinder des Buchdrucks mit Metalllettern und der Druckerpresse.

Mit der Buchreihe **TREDITION CLASSICS** verfolgt tredition das Ziel, tausende Klassiker der Weltliteratur verschiedener Sprachen wieder als gedruckte Bücher aufzulegen – und das weltweit!

Die Buchreihe dient zur Bewahrung der Literatur und Förderung der Kultur. Sie trägt so dazu bei, dass viele tausend Werke nicht in Vergessenheit geraten.

Aus dem Staat Friedrichs des Großen / Die Erhebung

Gustav Freytag

Impressum

Autor: Gustav Freytag
Umschlagkonzept: toepferschumann, Berlin

Verlag: tredition GmbH, Hamburg
ISBN: 978-3-8472-3575-0
Printed in Germany

Text der Originalausgabe

Gustav Freytag

Aus dem Staat Friedrichs des Großen / Die Erhebung

Schulausgabe

Verlag von S. Hirzel

1917

Zur Einführung

Der Herr Verleger hat die Absicht, die ihm gewiß alle Lehrer des Deutschen wie der Geschichte danken werden, von Freytags »Bildern aus der deutschen Vergangenheit« eine Auswahl in billigen Einzeldrucken dem Schulgebrauch zugänglich zu machen. Was zunächst hier als Probe geboten wird, sind zwei Stücke des letzten Bandes, innerlich dadurch verbunden, daß sie zwei große Perioden der preußischen und also der deutschen Geschichte anschaulich machen, die Zeit Friedrichs des Großen und die der Freiheitskriege. Gern komme ich der Aufforderung nach, dem Abdruck dieser beiden Aufsätze einen kurzen Überblick über Freytags Leben und Werke vorauszuschicken.

*

Seinen Entwicklungsgang hat er selbst beschrieben, als Siebzigjähriger, in dem köstlichen Buche: »Erinnerungen aus meinem Leben« (zuerst 1886). Besonders ausführlich ist darin die Jugendzeit behandelt, eingehend auch die Jahre des Studiums und der beginnenden Berufsarbeit; später drängt sich die Darstellung mehr zusammen. Der Verfasser selbst meint: wer die Menschen aufzähle, deren Freundschaft ihm heilsam gewesen sei, rühme dadurch gewissermaßen sich selbst; »denn wenn einem so viele tüchtige Menschen zugetan waren, so muß man doch auch darnach gewesen sein.« Die Art seines Buches hat Freytag damit ganz treffend bezeichnet: das Interesse, das es gewährt, beruht zum guten Teil auf der Fülle bedeutender Menschen, an deren Leben und Wirken er, empfangend oder gebend, Anteil genommen hat; was aber zurückbleibt, ist doch der Eindruck der eigenen vielseitigen und dabei in sich gefestigten Persönlichkeit des Erzählenden. Zugleich wird der Leser hier durch Freytag selbst mit der Geschichte seiner Werke bekannt, wie sie im Zusammenhang seiner Erlebnisse angeregt, entworfen, vollendet wurden – alle geworden, nicht gemacht.

Gustav Freytag wurde am 13. Juli 1816 zu Kreuzberg in Oberschlesien geboren, wo sein Vater früher Arzt, damals Bürgermeister war; nahe Verwandte des Hauses saßen auf dem Schulzenhofe eines benachbarten Dorfes. So lernte der Knabe außer dem kleinstädtischen Treiben auch das ländliche Leben und Wirtschaften in seiner

Heimat kennen. Und das war eine Gegend, die, in den vorangegangenen Kriegsläuften schwer heimgesucht, noch das frischeste Andenken an die erlebte Not und Erhebung bewahrte, der es durch die Nähe der polnischen Grenze auch in der Folgezeit an Anlaß zu politischer Erregung, die das deutsche Selbstbewußtsein steigerte, nicht gefehlt hat. Den Abschluß seiner Schulbildung fand Freytag in Oels; von 1835 an studierte er erst an der Landesuniversität, später in Berlin. In Breslau wurde der Westfale Friedrich Weber, der Dichter von »Dreizehnlinden«, sein Freund; unter den Professoren gewann Hoffmann von Fallersleben den meisten Einfluß auf ihn. Von diesem wurde er beim Übergang nach Berlin an Karl Lachmann, den großen Philologen, empfohlen; aus dessen Vorlesungen über Werke der römischen und altdeutschen Poesie hat er dann, seinem eigenen Bekenntnis nach, die mächtigste Anregung und die eigentliche Grundlage seines gelehrten Wissens empfangen.

Schon 1839 ließ sich der junge Doktor in Breslau als Privatdozent nieder und hielt Vorlesungen über mittelhochdeutsche und neuere deutsche Literatur. Als ihm die Fakultät nicht gestatten wollte, auch über deutsche Kulturgeschichte ein Kolleg zu lesen, gab er seine akademische Stellung auf, blieb aber zunächst in Breslau, mehr und mehr mit dichterischen Plänen und Arbeiten beschäftigt. Seine ersten dramatischen Werke sind in dieser Zeit entstanden. Um einem guten Theater nahe zu sein, ging Freytag 1846 nach Leipzig, im folgenden Jahre nach Dresden. Hier verlebte er noch die erste Hälfte des Revolutionsjahres, das den patriotischen Mann zu eigner Tätigkeit antrieb. Er wurde Gründer und Leiter eines Vereins, in dem Arbeiter und Handwerksgesellen zusammenkamen, um sich durch Musik, durch populäre Vorträge anregen zu lassen und gemeinsame Beschwerden und Wünsche der arbeitenden Klasse verständig zu erörtern. Aber so nützlich dieser Verein wirkte, so zog es Freytag doch zu energischerer Teilnahme am politischen Leben fort. Gelegenheit dazu fand sich in Leipzig in der Redaktion der seit kurzem bestehenden Wochenschrift »Die Grenzboten«. Freytag erwarb mit dem Ostpreußen Julian Schmidt zusammen das Eigentumsrecht an dem Blatte; beide Männer sahen ihre Aufgabe darin, für die Trennung Österreichs vom Deutschen Bunde, die Einigung der deutschen Staaten unter Preußens Führung einzutreten.

*

Seit dem Sommer 1848 wurde Leipzig Freytags eigentliche Heimat; nur während der letzten Jahre seines Lebens verbrachte er die Winter in Wiesbaden. Zu regelmäßigem Sommeraufenthalt erwarb er im Jahre 1852 ein Landhaus in Siebleben bei Gotha. In den ersten bewegten Jahren der Leipziger Zeit gehörte mit andern hervorragenden Gelehrten Theodor Mommsen zu dem Kreis, in dem Freytag verkehrte; unter denen, die ihm später nahestanden, nennt er selbst mit besonderer Verehrung seinen Freund und Verleger Dr. Salomon Hirzel, den Goethe-Kenner, und den Physiologen Karl Ludwig. Auch mit Männern, die in praktischen Berufen tätig waren, pflegte er gern Umgang, weil es dem Politiker wie dem Dichter gleich wichtig war, von dem wirklichen Leben ein volles Bild sich zu erhalten. So durchlebte Freytag die Jahre der stillen Sammlung deutscher Kraft, nachher die Zeit der großen Kriege. Als er 1870 von den »Grenzboten« zurücktrat, durfte er sich sagen, daß das Programm, für das auch er gekämpft hatte, erfüllt war. Den französischen Feldzug bis zur Schlacht bei Sedan machte er im Hauptquartier des Kronprinzen von Preußen mit; und die Erinnerung daran gab ihm später noch einmal die Feder des Journalisten in die Hand, als es galt, nach dem Tode Kaiser Friedrichs für die Würdigung des teuren Verstorbenen Zeugnis abzulegen. Damals schrieb Freytag: »Der Kronprinz und die deutsche Kaiserkrone« (1889), eine kleine Schrift, die während weniger Wochen in Tausenden von Exemplaren verbreitet wurde. – Um 30. April 1895 ist er selbst in Wiesbaden gestorben.

Von Freytags Dramen sind die bekanntesten »Die Journalisten« (1852) und das Trauerspiel »Die Fabier« (1859). Dieses ist durch die Freundschaft mit Mommsen und das Studium von dessen »Römischer Geschichte« angeregt; es spielt in der Zeit des römischen Ständekampfes und zeigt in erschütternder, nach dem eignen späteren Urteil des Verfassers allzu herber Tragik einen Familienkonflikt, der durch diese Kämpfe hervorgerufen wird. Der Inhalt der »Journalisten« ist dem eignen Lebenskreise des Dichters entnommen, der die Vorbilder zu seinen Gestalten wie den Stoff zu Sorgen und Freuden, von denen sie bewegt werden, in seiner täglichen Umgebung in Fülle vorfand. Dieses Lustspiel ist, wie Freytag selbst erzählt, in drei Sommermonaten niedergeschrieben worden; und die flotte Art der Entstehung mag zu dem schnellen und sicheren Erfolg das Ihre beigetragen haben. Nicht mit Unrecht hat man das Stück neben Lessings »Minna von Barnhelm« gestellt. – Auch darin folgte Freytag dem Verfasser der »Hamburgischen Dramaturgie« nach, daß er es unternahm, die Erfahrungen und Einsichten, die er als Dichter und als Kritiker gewonnen hatte, theoretisch zu entwickeln. So entstand im Jahre 1863 »Die Technik des Dramas«, ein Buch, das noch heute für eine eingehende Betrachtung dramatischer Werke den besten Anhalt bietet.

Aus der Wirklichkeit und recht aus dem Vollen geschöpft sind die beiden großen Romane: »Soll und Haben« (1855) und »Die verlorene Handschrift« (1864). In dem einen ist es das kaufmännische Treiben, wie es dem Dichter in dem Breslauer Hause Molinari bekannt geworden war, in dem andern die Professorenwelt und im Gegensatz dazu das Leben auf einem Gutshofe, das den Untergrund für die Handlung abgibt. »Soll und Haben« erwarb dem Verfasser mit einem Schlage den Namen eines großen Romandichters; mit der »verlorenen Handschrift« hat er ihn behauptet.

Zur Zeit, wo dies Werk geschaffen wurde, war Freytag noch damit beschäftigt, seine »Bilder aus der deutschen Vergangenheit« abzuschließen (1866) und auf den Umfang von 5 Bänden, in dem sie nun vorliegen, abzurunden. Schon 1859 hatte er einzelne Skizzen, die in den »Grenzboten« erschienen waren – aus den Jahrhunderten der Reformation und des Dreißigjährigen Krieges – als Buch zusammengefaßt; die vorausgehenden und nachfolgenden Bände sind dann allmählich dazugewachsen. In der glücklichsten Weise sind hier Mitteilungen aus alten Quellenschriften (Chroniken, Biographien, Briefen) mit eigenen Schilderungen des Bearbeiters vereinigt. Sein Ziel war, wie er selbst sagt: »das Leben des Volkes, welches unter seiner politischen Geschichte in dunkler, unablässiger Strömung dahinflutet, die Zustände, Leiden und Freuden der Millionen kleiner Leute« anschaulich zu machen. Nach diesem Plane ist wirklich ein »Hausbuch gebildeter Familien« geschaffen worden, das zugleich einen ernsten wissenschaftlichen Charakter trägt; eben der Wissenschaft gehört es an, die öffentlich zu vertreten einst die Breslauer Fakultät dem jungen Dozenten verwehrt hatte.

In innerem Zusammenhange mit den »Bildern« steht die Reihe von acht Romanen, die Freytag unter dem Titel »Die Ahnen« 1872 begonnen und 1880 vollendet hat. Es sind 6 Bände von mäßigem Umfang, in denen ein und dasselbe Geschlecht von den Zeiten der Römerherrschaft bis ins neunzehnte Jahrhundert herab verfolgt wird. Die Absicht war, und es ist ohne Zweifel gelungen, in allem Wechsel der Zeiten, die geschildert werden, doch gewisse gemeinsame Charakterzüge der Familie und eine dadurch bedingte Gleichförmigkeit der Schicksale hervortreten zu lassen.

Man hat wohl daran gedacht, Freytag mit seinen Zeitgenossen Fritz Reuter, Theodor Storm, Gottfried Keller zu einer Gruppe zu vereinigen; zum Vergleich mit dem 10 Jahre jüngeren Scheffel fordert die Gemeinsamkeit mancher von ihnen behandelten Stoffe von selbst auf. Was Freytag von allen den Genannten trennt, ist einmal, daß er weniger als sie in dem Boden einer bestimmten Landschaft wurzelt; und dann, daß er nicht ausschließlich Dichter ist, sondern ebensosehr Gelehrter und Politiker. Aber eben diese Verschmelzung getrennter Interessen bedeutet einer überall zunehmenden Berufs- und Arbeitsteilung gegenüber keinen geringen Gewinn; und wenn dem Wirken des Mannes vielleicht dadurch etwas von Wärme entzogen wurde, daß er das eigentliche Feld seiner Tätigkeit außerhalb der Heimatprovinz und außerhalb des Staats fand, dem er von Geburt angehörte, so liegt doch darin wieder ein Zug zum Universellen, wie er dem lange zersplitterten Vaterlande gerade besonders not tat. Und so wird Freytag mit seinen Werken und mit seiner Persönlichkeit auf lange hinaus zu den Männern gehören, die zur Erziehung des deutschen Volkes und zumal der deutschen Jugend berufen sind.

Flensburg, Januar 1898.
Paul Cauer.

Aus dem Staat Friedrichs des Großen.

Was war es doch, das seit dem Dreißigjährigen Kriege die Augen der Politiker auf den kleinen Staat heftete, der sich an der östlichen Nordgrenze Deutschlands gegen Schweden und Polen, gegen Habsburger und Bourbonen heraufrang? Das Erbe der Hohenzollern war kein reichgesegnetes Land, in dem der Bauer behaglich auf wohlbebauter Hufe saß, welchem reiche Kaufherren in schweren Galeonen die Seide Italiens, die Gewürze und Barren der neuen Welt zuführten. Ein armes, verwüstetes Sandland war's, die Städte ausgebrannt, die Hütten der Landleute niedergerissen, unbebaute Äcker, viele Quadratmeilen entblößt von Menschen und Nutzvieh, den Launen der Urnatur zurückgegeben. Als Friedrich Wilhelm 1640 unter den Kurhut trat, fand er nichts als bestrittene Ansprüche auf zerstreute Territorien von etwa 1450 Quadratmeilen, in allen festen Orten seines Stammlandes saßen übermächtige Eroberer. Auf einer unsichern Öde richtete der kluge, doppelzüngige Fürst seinen Staat ein, mit einer Schlauheit und Rücksichtslosigkeit gegen seine Nachbarn, welche sogar in jener gewissenlosen Zeit Aufsehen erregte, aber zugleich mit Heldenkraft und großem Sinn, der mehr als einmal die deutsche Ehre höher faßte, als der Kaiser oder ein anderer Fürst des Reiches. Und als der große Politiker 1688 starb, war, was er hinterließ, doch nur ein geringes Volk, gar nicht zu rechnen unter den Mächten Europas. Denn seine Herrschaft umfaßte zwar 2034 Quadratmeilen, aber höchstens 1 300 000 Menschen. Auch als Friedrich II. hundert Jahr nach seinem Ahnherrn die Regierung antrat, erbte er nicht mehr als 2 240 000 Seelen, weniger als jetzt die eine Provinz Schlesien umfaßt.

Der nächste Absatz und die folgenden Tabelle werden aus technischen Gründen nicht wie im Original als Fußnote wiedergegeben. Re.

Kurfürst Friedlich Wilhelm erbte 1451 Quadratmeilen mit vielleicht 700 000 Einwohnern, diese zum größten Teil im Ordensland Preußen, welches durch die Verwüstungen des Krieges nicht so sehr verödet war.

				Quadr.-M.		Einw.
Im Jahr	1688	hinterließ	der Kur-fürst	2034	mit etwa	1 300 000
"	1713	"	König Friedr. I.	2090	"	1 700 000
"	1740	"	Friedr. Wilh.I.	2201	"	2 240 000
"	1786	"	König Friedr. II.	3490	"	6 000 000
"	1805	waren (vor dem Ein-tausch von Hannover)		5463		9 800 000
"	1807	blieben		2877	"	5 000 000
"	1817	waren		5015	"	10 600 000
"	1830	waren 13 Mill. Ew., im Jahre 1865 aber 19 Mill. Ew. auf 5046 Quadratmeilen.				

und Kriegswunden würden dort schneller geheilt, als wo anders, Wohlstand und Intelligenz nehme dort in größeren Verhältnissen zu, als in einem anderen Teile von Deutschland!

Was war es also, das sogleich nach den Schlachten des Dreißig-jährigen Krieges die Eifersucht aller Regierungen, zumal des Kaiserhauses, erregte, das seither dem brandenburgischen Wesen so warme Freunde, so erbitterte Gegner zugeführt hat? Durch zwei Jahrhunderte wurden Deutsche und Fremde nicht müde, auf diesen neuen Staat zu hoffen, ebensolange haben Deutsche und Fremde nicht aufgehört, ihn zuerst mit Spott, dann mit Haß einen künstlichen Bau zu nennen, der starke Stürme nicht auszuhalten vermöge, der ohne Berechtigung sich unter die Mächte Europas eingedrängt habe. Und wie kam es endlich, daß schon nach dem Tode Friedrichs des Großen unbefangene Beurteiler ermahnten, man möge doch aufhören, dem vielgehaßten den Untergang zu prophezeien? Nach jeder Niederlage sei er um so kräftiger in die Höhe geschnellt, alle Schäden

Allerdings war es ein eigentümliches Wesen, eine neue Schattierung des deutschen Charakters, was auf dem eroberten Slawengrunde, in den Hohenzollern und ihrem Volke zutage kam. Mit herausfordernder Schärfe erzwang sich dies Neue Geltung. Es schien, daß die Charaktere dort größere Gegensätze umschlossen; denn Tugenden und Fehler seiner Regenten, Größe und Schwäche seiner Politik kamen in schneidenden Kontrasten zutage, die Beschränktheiten erschienen auffälliger, das Widerwärtige massenhafter, das Bewunderungswerte erstaunlicher; es schien, daß dieser Staat das Seltsamste und Ungewöhnlichste erzeugen, und nur die ruhige Mittelmäßigkeit, die sonst so erträglich und förderlich sein mag, nicht ohne Schaden vertragen könne.

Viel tat die Lage des Landes. Es war ein Grenzland zugleich gegen Schweden, Slawen, Franzosen und Holländer. Kaum eine Frage der europäischen Politik gab es, die nicht auf Wohl und Wehe des Staats einwirkte, kaum eine Verwicklung, welche tätigen Fürsten nicht Gelegenheit gab, Ansprüche geltend zu machen. Die sinkende Macht Schwedens, der beginnende Auflösungsprozeß in Polen erregten weitläufige Aussichten, die Übergewalt Frankreichs, die mißtrauische Freundschaft Hollands zwangen zu schlagfertiger Vorsicht. Seit dem ersten Jahre, in welchem Kurfürst Friedrich Wilhelm seine eigenen Festungen durch List und Gewalt in Besitz nehmen mußte, wurde offenbar, daß dort an der Ecke des deutschen Bodens ein kräftiges, umsichtiges, waffentüchtiges Regiment zur Rettung Deutschlands nicht entbehrt werden könne. Seit dem Beginn des französischen Krieges von 1674 erkannte Europa, daß die schlaue Politik, welche von dieser kleinen Ecke ausging, auch das staunenswerte Wagnis unternahm, die Westgrenze Deutschlands gegen den übermächtigen König von Frankreich heldenhaft zu verteidigen.

Es lag vielleicht auch etwas Auffallendes in dem Stammcharakter des brandenburgischen Volkes, an dem Fürsten und Untertanen gleichen Teil hatten. Die preußischen Landschaften hatten den Deutschen bis auf Friedrich den Großen verhältnismäßig wenig von Gelehrten, Dichtern und Künstlern abgegeben. Selbst der leidenschaftliche Eifer der Reformationszeit schien dort abgedämpft. Die Leute, welche in dem Grenzlande saßen, meist von niedersächsischem Stamme, mit geringer Beimischung von Slawenblut, waren ein hartes, knorriges Geschlecht, nicht vorzugsweise anmutig in den Formen ihres Lebens, aber von einem ungewöhnlich scharfen Verstande, nüchtern im Urteil; in der Hauptstadt schon seit alter Zeit spottlustig und von beweglicher Zunge, in allen Landschaften großer Anstrengungen fähig, arbeitsam, zäh, von dauerhafter Kraft.

Aber mehr als Lage und Stammcharakter des Volkes schuf dort der Charakter der Fürsten. In anderer Weise, als irgendwo seit den Tagen Karls des Großen geschah, haben sie ihren Staat gebildet. Manches Fürstengeschlecht zählt eine Reihe glücklicher Vergrößerer des Staats, auch die Bourbonen haben weites Gebiet zu einem großen Staatskörper zusammengezogen; manches Fürstengeschlecht hat einige Generationen tapferer Krieger erzeugt, keines war tapferer als die Wasa und die protestantischen Wittelsbacher in Schweden. Aber Erzieher des Volkes ist keins gewesen wie die alten Hohenzollern. Als große Gutsherren auf verwüstetem Lande haben sie die Menschen geworben, die Kultur geleitet, durch fast hundertfünfzig Jahre als strenge Hauswirte gearbeitet, gedacht, geduldet, gewagt und unrecht getan, um ein Volk für ihren Staat zu schaffen, wie sie selbst: hart, sparsam, gescheit, keck, das Höchste für sich begehrend.

In solchem Sinne hat man recht, den providentiellen Charakter des preußischen Staats zu bewundern. Von den vier Fürsten, welche ihn seit dem deutschen Kriege bis zu dem Tage regierten, wo der greise Abt im Kloster Sanssouci die müden Augen schloß, hat jeder mit seinen Tugenden und Fehlern wie eine notwendige Ergänzung seines Vorgängers gelebt. Kurfürst Friedrich Wilhelm, der größte Staatsmann aus der Schule des deutschen Krieges, der prachtliebende erste König Friedrich, der sparsame Despot Friedrich Wilhelm I., zuletzt er, in welchem sich die Anlagen und großen Eigenschaften fast aller seiner Vorfahren zusammen fanden, im 18. Jahrhundert die Blüte des Geschlechts.

Es war eine freudeleeres Leben im Königsschloß zu Berlin, als Friedrich heranwuchs, so arm an Liebe und Sonnenschein, wie in wenig Bürgerhäusern jener rauhen Zeit. Man darf zweifeln, ob der König, sein Vater, oder die Königin größere Schuld an der Zerrüttung des Familienlebens hatten, beide nur durch Fehler ihres Naturells, welche in den unaufhörlichen Reibungen des Hauses immer größer wurden. Der König, ein wunderlicher Tyrann, mit weichem Herzen, aber einer rohen Heftigkeit, die mit dem Stocke Liebe und Vertrauen erzwingen wollte, von scharfem Menschenverstand, aber so unwissend, daß er immer in Gefahr kam, Opfer eines Schurken zu werden, und in dem dunklen Gefühl seiner Schwäche wieder mißtrauisch und von jäher Gewaltsamkeit; die Königin dagegen, keine bedeutende Frau, von kälterem Herzen, mit einem starken Gefühl ihrer fürstlichen Würde, dabei mit vieler Neigung zur Intrige, ohne Vorsicht und Schweigsamkeit. Beide hatten den besten Willen und gaben sich ehrlich Mühe, ihre Kinder zu tüchtigen und guten Menschen zu machen, aber beide störten unverständig das gesunde Aufleben der Kinderseele. Die Mutter hatte die Taktlosigkeit, die Kinder schon im zarten Alter zu Vertrauten ihres Ärgers und ihrer Intrigen zu machen; denn über die unholde Sparsamkeit des Königs, über die Schläge, die er so reichlich in seinen Zimmern austeilte, und über die einförmige Tagesordnung, die er ihr aufzwang, nahm in ihren Gemächern Klage, Groll, Spott kein Ende. Der Kronprinz Friedrich wuchs im Spiel mit seiner älteren Schwester heran, ein zartes Kind mit leuchtenden Augen und wunderschönem blonden Haar. Pünktlich wurde ihm gerade so viel gelehrt, als der König wollte, und das war wenig genug: Französisch, etwas Geschichte und was einem Soldaten damals für nötig galt, dazu kaum etwas lateinische Deklination, und zwar gegen den Willen des Vaters, – der große König ist nie über die Schwierigkeiten des Genitivs und Dativs herausgekommen. Die Frauen brachten dem Knaben, der sich gern gehen ließ und in Gegenwart des Königs scheu und trotzig aus den Kinderaugen sah, das erste Interesse an französischer Literatur bei; er selbst hat später seine Schwester darum gerühmt, aber auch seine Gouvernante war eine kluge Französin. Daß dem König das fremde Wesen verhaßt war, trug sicher dazu bei, es dem Sohne wert zu machen, denn fast systematisch wurde in den Appartements der Königin das gelobt, was dem strengen Hausherrn mißfiel. Und wenn der König in der Familie eine seiner polternden frommen Reden hielt, dann sahen die Prinzeß Wilhelmine und der junge Friedrich einander so lange bedeutsam an, bis das herausfordernde Gesicht, das eines der Kinder machte, die kindische Lachlust erregte und den Grimm des Königs zum Ausbruch brachte. Dadurch wurde der Sohn schon in frühen Jahren dem Vater ein Gegenstand des Ärgers. Einen effeminierten Kerl schalt er ihn, der sich malproper halte und eine unmännliche Freude an Putz und Spielereien habe.

Aber aus dem Bericht seiner Schwester, deren schonungslosem Urteil der Tadel leichter wird als das Lob, ist auch zu sehen, wie die Liebenswürdigkeit des reichbegabten Knaben auf seine Umgebung wirkte. Wenn er mit der Schwester heimlich eine französische Geschichte las und den ganzen Hof in die komischen Charaktere des Romans umdeutete, wenn sie mit Flöte und Laute verpönte Musik machten, wenn er die Schwester verkleidet besuchte und sie die Rollen einer französischen Komödie gegeneinander rezitierten. Aber selbst bei diesen harmlosen Freuden wurde der Prinz fortwährend in Lüge, Täuschung, Verstellung gedrängt. Er war stolz, hochgesinnt, großmütig, von rücksichtsloser Wahrheitsliebe. Daß ihm die Verstellung innerlichst widerstand, daß er sich, wo sie verlangt wurde, nicht dazu herablassen wollte, und wo er es einmal tat, ungeschickt heuchelte, das machte seine Stellung zum Vater immer schwieriger, größer wurde das Mißtrauen des Königs, immer wieder brach dem Sohn das verletzte Selbstgefühl als Trotz hervor.

So wuchs er auf, von plumpen Spionen umgeben, welche dem König jedes Wort zutrugen. Ein Gemüt von den reichsten Anlagen, der feinsten geistigen Begehrlichkeit, ohne jede männliche Gesellschaft, die für ihn gepaßt hätte. Kein Wunder, daß der Jüngling auf Abwege geriet. Der preußische Hof konnte im Vergleich zu den andern Höfen Deutschlands für einen sehr tugendhaften gelten; aber die Frivolität gegen Frauen und die Unbefangenheit, mit welcher die bedenklichsten Verhältnisse behandelt wurden, waren auch dort sehr groß. Seit einem Besuch an dem liederlichen Hofe in Dresden begann es Prinz Friedrich zu treiben wie andere Prinzen seiner Zeit, er fand gute Kameraden unter den jungen Offizieren seines Vaters. Wir wissen aus dieser Zeit wenig von ihm, aber wir dürfen schließen, daß er dabei allerdings in einige Gefahr kam, nicht zu verderben, aber in Schulden und unbedeutenden Verhältnissen wertvolle Jahre zu verlieren. Es war sicher nicht der steigende Unwille des Vaters allein, der ihn in dieser Zeit verstimmte und ratlos umherwarf, ebensosehr ein inneres Mißbehagen, das den unfertigen Jüngling um so wilder in die Irre treibt, je größer die stillen Ansprüche sind, die sein Geist an das Leben macht.

Er beschloß nach England zu entfliehen. Wie die Flucht mißlang, wie der Zorn des Obristen Friedrich Wilhelm gegen den fahnenflüchtigen Offizier aufbrannte, ist bekannt. Mit den Tagen seiner Gefangenschaft in Küstrin und dem Aufenthalt in Ruppin begannen seine ernsten Lehrjahre. Das Fürchterliche, das er erfahren, hatte auch neue Kraft in ihm wachgerufen. Er hatte alle Schrecken des Todes, die greulichsten Demütigungen mit fürstlichem Stolze ertragen. Er hatte über die größten Rätsel des Lebens, über den Tod und was darauf folgen soll, in der Einsamkeit seines Gefängnisses nachgedacht, er hatte erkannt, daß ihm nichts als Ergebung, Geduld, ruhiges Ausharren übrigbleibe. Aber das bittere, herzfressende Unglück ist doch keine Schule, welche nur das Gute herausbildet, auch manche Fehler wachsen dabei groß. Er lernte in stiller Seele seine Entschlüsse bewahren, mit Argwohn auf die Menschen sehn und sie als seine Werkzeuge gebrauchen, sie täuschen und mit einer kalten Klugheit liebkosen, von welcher sein Herz nichts wußte. Er mußte dem feigen, gemeinen Grumbkow schmeicheln, und froh sein, daß er ihn allmählich für sich gewann; er mußte sich jahrelang immer wieder Mühe geben, den Widerwillen und das Mißtrauen des harten Vaters klug zu bekämpfen. Immer sträubte sich seine Natur gegen solche Demütigung, durch bittern Spott suchte er sein geschädigtes Selbstgefühl geltend zu machen; sein Herz, das für alles Edle erglühte, bewahrte ihn davor, ein harter Egoist zu werden, aber milder, versöhnlicher wurde er nicht. Und als er längst ein großer Mensch, ein weiser Fürst geworden war, blieb ihm aus dieser Zeit der Knechtschaft doch eine Spur von kleinlicher Hinterlist zurück, der Löwe hat einigemal nicht verschmäht, in niedriger Rachsucht wie ein Kater zu kratzen.

Doch er lernte in diesen Jahren auch etwas Nützliches ehren: die strenge Wirtschaftlichkeit, mit welcher die beschränkte aber tüchtige Kraft seines Vaters für das Wohl des Landes und seines Hauses sorgte. Wenn er, um dem König zu gefallen, Pachtanschläge machen mußte, wenn er sich Mühe gab, den Ertrag einer Domäne um einige hundert Taler zu steigern, wenn er auch auf die Liebhabereien des Königs mehr als billig einging und ihm den Vorschlag machte, einen langen Schäfer aus Mecklenburg als Rekruten zu entführen, so war im Anfang allerdings diese Arbeit nur ein lästiges Mittel, den König zu versöhnen; denn Grumbkow sollte ihm einen Mann schaffen, der die Taxe statt seiner machte, die Amtleute und Kammerbeamten selbst gaben ihm an die Hand, wie hie und da ein Plus zu gewinnen war, und über die Riesen spottete er immer noch, wo er das ungestraft konnte. Aber die neue Welt, in die er versetzt war, die praktischen Interessen des Volkes und des Staates zogen ihn doch allmählich an. Es war leicht einzusehen, daß auch die Wirtschaftlichkeit seines Vaters oft tyrannisch und wunderlich war. Der König hatte immer die Empfindung, daß er nichts als das Beste seines Landes wollte, und deshalb nahm er sich die Freiheit, mit der größten Willkür bis in das einzelne in Besitz und Geschäft der Privatpersonen einzugreifen. Wenn er befahl, daß kein Ziegenbock mit den Schafen ausgetrieben werden dürfe, daß alle farbigen Schafe, graue, schwarze, melierte binnen drei Jahren gänzlich abgeschafft und nur feine weiße Wolle geduldet werden solle; wenn er genau vorschrieb, wie die kupfernen Probemaße des Berliner Scheffels, die er durch das ganze Land – auf Kosten der Untertanen – verschicken ließ, aufbewahrt und verschlossen werden sollten, damit sie keine Beulen bekämen; wenn er, um die Linnen- und Wollenindustrie in die Höhe zu bringen, verordnete, seine Untertanen sollten durchaus nicht den modischen Zitz und Kattun tragen, hundert Taler Strafe und drei Tage Halseisen drohe jedem, der nach acht Monaten in seinem Hause noch einen Lappen Kattun an Schlafrock, Mütze, Möbelüberzug dulden würde, so erschien solche Methode zu regieren allerdings hart und kleinlich. Aber den klugen Sinn und die wohlwollende Absicht, die hinter solchen Erlässen erkennbar war, lernte der Sohn doch ehren, und er selbst eignete sich allmählich eine Menge von Detailkenntnissen an, die sonst einem Fürstensohn nicht geläufig werden: Werte der Güter, Preise der Lebensmittel, Bedürfnisse des Volkes, Gewohnheiten, Rechte und Pflichten des kleinen Lebens. Es ging sogar auf ihn viel von dem Selbstgefühl über, womit der König sich dieser Geschäftskenntnisse rühmte. Und als er der allmächtige Hauswirt seines Staates geworden, da wurde der unermeßliche Segen offenbar, den seine Kenntnis des Volkes und des Verkehrs haben sollte. Nur dadurch wurde die weise Sparsamkeit möglich, mit welcher er sein eigenes Haus und die Finanzen verwaltete, seine unablässige Sorge für das Detail, wodurch er Landbau, Handel, Wohlstand, Bildung seines Volkes erhob. Wie die Tagesrechnungen seiner Köche, so wußte er die Anschläge zu prüfen, in denen die Einkünfte der Domänen, Forsten, der Akzise berechnet waren. Daß er das Kleinste wie das Größte mit scharfem Auge übersah, das verdankte sein Volk zum größten Teil den Jahren, in denen er gezwungen als Assessor am grünen Tische zu Ruppin saß. Und zuweilen begegnete ihm selbst, was zu seines Vaters Zeit ärgerlich gewesen war, daß seine Kenntnis der geschäftlichen Einzelheiten doch nicht groß genug war, und daß er hier und da, grade wie sein Vater, befahl, was gewaltsam in das Leben seiner Preußen einschnitt und nicht durchgeführt werden konnte.

Kaum hatte Friedrich die Schläge der großen Katastrophe ein wenig verwunden, da traf ihn ein neues Unglück, seinem Herzen ebenso schrecklich wie das erste, in seinen Folgen noch verhängnisvoller für sein Leben. Der König zwang ihm eine Gemahlin auf. Herzerschütternd ist das Weh, in dem er ringt, sich von der erwählten Braut loszumachen. »Sie soll frivol sein, so viel sie will, nur nicht einfältig, das ertrage ich nicht.« Es war alles vergebens. Mit Bitterkeit und Zorn sah er auf diese Verbindung bis kurz vor der Vermählung. Nie hat er den Schmerz überwunden, daß der Vater dadurch sein inneres Leben zerstört habe. Seine reizbare Empfindung, das liebebedürftige Herz, sie waren in rohester Weise verkauft. Nicht allein er wurde dadurch unglücklich, auch eine gute Frau, die des besten Schicksals wert gewesen wäre. Die Prinzessin Elisabeth von Bevern hatte viele edle Eigenschaften des Herzens, sie war nicht einfältig, sie war nicht häßlich und vermochte selbst vor der herben Kritik der Fürstinnen des königlichen Hauses erträglich zu bestehen. Aber wir fürchten, wäre sie ein Engel gewesen, der

Stolz des Sohnes, der im Kern seines Lebens durch die unnötige Barbarei des Zwanges empört war, hätte dennoch gegen sie protestiert. Und doch war das Verhältnis nicht zu jeder Zeit so kalt, wie man wohl annimmt. Sechs Jahre gelang es der Herzensgüte und dem Takt der Prinzessin, den Kronprinzen immer wieder zu versöhnen. In der Zurückgezogenheit von Rheinsberg war sie in der Tat seine Hausfrau und eine liebenswürdige Wirtin seiner Gäste, und schon wurde von den österreichischen Agenten an den Wiener Hof berichtet, daß ihr Einfluß im Steigen sei. Aber der bescheidenen Anhänglichkeit ihrer Seele fehlten zu sehr die Eigenschaften, welche einen geistreichen Mann auf die Dauer zu fesseln vermögen. Die aufgeweckten Kinder des Hauses Brandenburg hatten das Bedürfnis, ihr leichtbewegtes Innere launig, schnell und scharf nach außen zu kehren. Die Prinzessin wurde, wenn sie erregt war, still, wie gelähmt, die leichte Grazie der Gesellschaft fehlte ihr. Das paßte nicht zusammen. Auch die Art, wie sie den Gemahl liebte, pflichtvoll, sich immer unterordnend, wie gebannt und gedrückt von seinem großen Geiste, war dem Prinzen wenig interessant, der mit der französischen geistreichen Bildung nicht wenig von der Frivolität der französischen Gesellschaft angenommen hatte.

Als Friedrich König wurde, verlor die Fürstin schnell den geringen Anteil, den sie sich am Herzen ihres Gemahls etwa erworben hatte. Die lange Abwesenheit im Ersten Schlesischen Kriege tat das Letzte, den König von ihr zu entfernen. Immer sparsamer wurden die Beziehungen der Gatten, es vergingen Jahre, ohne daß sie einander sahen, eine eisige Kürze und Kälte ist in seinen Briefen erkennbar. Daß der König ihren Charakter so hoch achten mußte, erhielt sie in der äußeren Stellung. – Seine Verhältnisse mit Frauen waren seitdem wenig einflußreich auf sein inneres Empfinden; selbst seine Schwester von Baireuth, kränklich, nervös, verbittert durch Eifersucht auf einen ungetreuen Gemahl, wurde dem Bruder auf Jahre fremd, und erst, als sie sich für das eigene Leben resigniert hatte, suchte dies stolze Kind des Hauses Brandenburg alternd und unglücklich wieder das Herz des Bruders, dessen kleine Hand sie einst vor den Füßen des strengen Vaters gehalten hatte. Auch die Mutter, der König Friedrich immer ausgezeichnete kindliche Verehrung bewies, konnte der Seele des Sohnes wenig sein. Seine andern Geschwister waren jünger und nur zu geneigt, im Haus stille Fronde gegen ihn zu machen; wenn der König sich herabließ, einmal einer Hofdame oder einer Sängerin Aufmerksamkeiten zu zeigen, so waren diese in der Regel für die Betroffenen ebenso angstvoll als schmeichelhaft. Wo er freilich Geist, Grazie und weibliche Würde zusammen fand, wie bei Frau von Camas, der Oberhofmeisterin seiner Gemahlin, da wurde die Liebenswürdigkeit seiner Natur in vielen herzlichen Aufmerksamkeiten laut. Im ganzen aber haben die Frauen seinem Leben wenig Licht und Glanz gegeben, kaum je hat die innige Herzlichkeit des Familienlebens sein Inneres erwärmt, nach dieser Seite verödete sein Gemüt. Vielleicht wurde das ein Glück für seine Nation, sicher ein Verhängnis für sein Privatleben. Die volle Wärme seiner menschlichen Empfindung blieb fast ausschließlich dem kleinen Kreise der Vertrauten vorbehalten, mit denen er lachte, dichtete, philosophierte, Pläne für die Zukunft machte, später seine Kriegsoperationen und Gefahren besprach.

Seit er vermählt in Rheinsberg lebte, beginnt der beste Teil seiner Jugendzeit. Dort wußte er eine Anzahl gebildeter und heiterer Gesellschafter um sich zu vereinigen, die kleine Genossenschaft führte ein poetisches Leben, von welchem Teilnehmer ein anmutiges Bild hinterlassen haben. Ernsthaft begann Friedrich an seiner Bildung zu arbeiten. Leicht fügte sich ihm der Ausdruck erregter Empfindung in den Zwang französischer Verse, unablässig arbeitete er, sich die Feinheiten des fremden Stils anzueignen. Aber auch über Ernsterem arbeitete sein Geist, für alle höchsten Fragen des Menschen suchte er sehnsüchtig Antwort bei den Enzyklopädisten, auch bei Christian Wolf, er saß über Karten und Schlachtenpläne geneigt, und unter den Rollen des Liebhabertheaters und den Baurissen wurden andere Projekte vorbereitet, welche nach wenig Jahren die Welt aufregen sollten.

Da kam der Tag, an welchem sein sterbender Vater der Regierung entsagte und den Offizier, der die Tagesmeldung tat, anwies, von dem neuen Kriegsherrn Preußens die Befehle einzuholen. Wie der Prinz von seinen politischen Zeitgenossen damals beurteilt wurde, sehen wir aus der Charakteristik, welche kurz vorher ein österreichischer Agent von ihm gemacht hatte: »Er ist anmutig, trägt eignes Haar, hat eine schlaffe Haltung, liebt schöne Künste und gute Küche, er möchte seine Regierung gern mit einem Eklat anfangen, ist ein soliderer Freund des Militärs als sein Vater, hat die Religion eines honetten Mannes, glaubt an Gott und die Vergebung der Sünden, liebt Glanz und großartiges Wesen, er wird alle Hofchargen neu etablieren und vornehme Leute an seinen Hof ziehen.«[1] Nicht ganz ist diese Prophezeiung gerechtfertigt worden. Wir suchen in dieser Zeit andre Seiten seines Wesens zu verstehen. Der neue König war von feuriger enthusiastischer Empfindung, schnell erregt, leicht kamen die Tränen in seine Augen. Wie seinen Zeitgenossen war ihm leidenschaftliches Bedürfnis, das Große zu bewundern, sich weichen Stimmungen elegisch hinzugeben. Zärtlich blies er sein Adagio auf der Flöte, wie andern ehrlichen Zeitgenossen ward auch ihm in Wort und Vers der volle Ausdruck innigen Gefühls nicht leicht, aber die pathetische Phrase rührte ihm Tränen und Empfindsamkeit auf. Trotz aller französischen Sentenzen war die Anlage seines Wesens auch nach dieser Richtung sehr deutsch.

Sehr ungerecht haben ihn die beurteilt, welche ihm ein kaltes Herz zuschrieben. Nicht die kalten Fürstenherzen sind es, die am meisten durch ihre Härte verletzen. Solchen ist fast immer vergönnt, durch gleichmäßige Huld und schicklichen Ausdruck ihre Umgebung zu befriedigen. Die stärksten Äußerungen der Nichtachtung liegen in der Regel dicht neben den herzgewinnenden Lauten einer weichen Zärtlichkeit. Aber in Friedrich war, so scheint uns, eine auffallende und seltsame Verbindung von zwei ganz entgegengesetzten Richtungen des Gemüts, welche sonst auf Erden in ewig unversöhntem Kampfe liegen. Er hatte ebensosehr das Bedürfnis, sich das Leben zu idealisieren, als den Drang, sich und anderen ideale Stimmungen unbarmherzig zu zerstören. Seine erste Eigenschaft war vielleicht die schönste, vielleicht die leidvollste, mit welcher ein Mensch für den Kampf der Erde ausgestattet wird. Er war allerdings eine Dichternatur, er besaß in hohem Grade jene eigentümliche Kraft, welche die gemeine Wirklichkeit nach idealen Forderungen des eigenen Wesens umzubilden strebt und alles Nahe mit dem holden Schein eines neuen Lebens überzieht. Es war ihm Bedürfnis, mit dem ganzen Zauber eines beweglichen Gefühls, mit der Grazie seiner Phantasie das Bild seiner Lieben sich zuzurichten und das Verhältnis, in das er sich frei zu ihnen gesetzt hatte, auszuschmücken. Es war immer etwas Spiel dabei; auch wo er am leiden-

---

[1] Jounal de Seckendorf. 2. Jan. 1738.

schaftlichsten empfand, liebte er mehr sein verschönertes Bild des andern, das er in sich trug, als diesen selbst. In solcher Stimmung hat er Voltaires Hand geküßt. Wurde ihm irgendeinmal in empfindlicher Weise der Unterschied zwischen seinem Ideal und dem wirklichen Menschen fühlbar, so ließ er den Menschen fallen und hielt sich an das Bild. Wem die Natur diese Anlage gegeben hat, Liebe und Freundschaft vorzugsweise durch das bunte Glas poetischer Stimmungen zu empfinden, der wird nach dem Urteil anderer in der Wahl seiner Lieben immer Willkür zeigen; eine gewisse gleichmäßige Wärme, welche rücksichtsvoll alle bedenkt, scheint solchen Naturen versagt zu sein. Wem der König in seiner Weise Freund geworden war, gegen den war er von der größten Aufmerksamkeit und Ausdauer, wie sehr auch seine Stimmung in einzelnen Momenten wechselte. Er konnte dann in seiner Trauer über den Verlust einer solchen Gestalt sentimental werden, wie nur irgendein Deutscher aus der Wertherperiode. Er hatte mit seiner Schwester von Baireuth viele Jahre in einiger Entfremdung gelebt, erst in den letzten Jahren vor ihrem Tode, unter den Schrecken des schweren Kriegs, war ihm ihr Bild als das einer zärtlichen Schwester wieder lebendig aufgegangen. Nach ihrem Tode fand er einen düstern Genuß darin, das Herzliche dieses Verhältnisses sich und andern vorzustellen, er baute ihr einen kleinen Tempel und wallfahrte oft dahin. Wer seinem Herzen nicht durch Vermittlung poetischer Empfindungen nahetrat, nicht die liebespinnende Poesie ihm anregte, ja wer gar etwas in seinem reizbaren Wesen störte, gegen den war er kalt, nichtachtend, gleichgültig, ein König, der nur frug, wieweit der andere ihm nütze, er warf ihn vielleicht weg, wenn er ihn nicht mehr brauchte. Solche Begabung vermag allerdings das Leben des jungen Mannes mit einem verklärenden Schimmer zu umgeben, sie verleiht bunten Schein und holde Farbe auch Gewöhnlichem, aber sie wird mit viel guter Sitte, Pflichtgefühl und einem Sinn, der Höheres will als sich selbst, verbunden sein müssen, wenn sie denselben Mann in höherem Alter nicht isolieren und verdüstern soll. Sie wird auch im günstigsten Falle neben den wärmsten Verehrern bittere Feinde aufregen. Etwas von dieser Anlage hat der edlen Seele Goethes schwere Schmerzen, dauerlose Verhältnisse, viele Enttäuschungen und ein einsames Alter bereitet. Sie wird doppelt verhängnisvoll für einen König, dem andere so selten sicher und gleichberechtigt gegenübertreten, dem die offenherzigsten Freunde immer noch bewundernde Schmeichler werden, ungleich in ihrem Verhalten, bald unfrei im höfischen Banne seiner Majestät, bald im Gefühl ihrer Rechte unzufriedene Tadler.

Dem König Friedrich aber wurde dieses Bedürfnis nach idealen Verhältnissen und die Sehnsucht nach Menschen, die seinem Herzen Gelegenheit gaben sich rückhaltslos aufzuschließen, zunächst durch seinen durchdringenden Scharfblick gekreuzt, und durch eine unbestechliche Wahrheitsliebe, welche allen Täuschungen todfeind war, sich gegen jede Illusion unwillig sträubte, den Schein überall verachtete, immer dem Kern der Dinge nachspürte. Diese prüfende Auffassung des Lebens und seiner Pflichten allein mochte ihm ein guter Schutz gegen die Täuschungen werden, welche den phantasievollen Fürsten, wo er Vertrauen schenkt, häufiger kränken als den Privatmann. Aber sein Scharfsinn zeigte sich auch als wilde Laune, welche schonungslos, sarkastisch und spottlustig verwüstete. Woher ihm diese Anlage kam? War es märkisches Blut? War es ein Erbteil seiner Urgroßmutter, der Kurfürstin Sophie von Hannover, und seiner Großmutter, der Königin Sophie Charlotte, jener geistvollen Frauen, mit denen Leibniz über die ewige Harmonie der Welt verhandelt hatte? Sicher hatte die rauhe Schale seiner Jugend dazu beigetragen. Scharf ist sein Blick für die Schwächen anderer; wo er eine Blöße erspäht, wo ihn fremde Art ärgert oder reizt, da rührt sich ihm die bewegliche Zunge. Freunde und Feinde trifft schonungslos sein Wort: auch wo Schweigen und Ertragen von jeder Vorsicht geboten ist, vermag er nicht sich zu beherrschen; dann ist seine Seele wie verwandelt, erbarmungslos, unendlich, übertreibend verzieht er sich das Bild des andern zur Karikatur. Sieht man näher zu, so ist freilich auch hierbei die Freude an der geistigen Produktion die Hauptsache, er befreit sich selbst von einem unholden Eindruck, indem er gegen sein Opfer improvisiert, er malt ins Groteske mit innerem Behagen, und er wundert sich wohl, wenn der Betroffene tief verletzt auch wieder gegen ihn in Waffen tritt. Sehr auffallend ist darin seine Ähnlichkeit mit Luther. Daß es nicht würdig ist und vielleicht nicht geziemend, kümmert den König so wenig als den Reformator, beide sind in einer Aufregung, wie auf der Jagd, beide vergessen über die Freude des Kampfes gänzlich die Folgen. Beide haben sich selbst und ihrer großen Sache dadurch ernsthaft geschadet und sich aufrichtig gewundert, wenn sie das einmal erkannten. Freilich sind die Keulenschläge oder die Streiche mit der Pritsche, welche der große Mönch des 16. Jahrhunderts führt, bei weitem furchtbarer als die Stiche, welche der große Fürst im Zeitalter der Aufklärung austeilt. Aber wenn der König neckt und höhnt und vielleicht einmal boshaft zwickt, so wird ihm das unartige Wesen schwerer verziehen; denn es ist häufig kein gleicher Kampf, den er mit seinen Opfern führt. So hat der große Fürst alle seine politischen Gegner behandelt und tödliche Feindschaft gegen sich aufgeregt; über die Pompadour in Frankreich, über Kaiserin Elisabeth und Kaiserin Maria Theresia hat er an der Tafel gescherzt, beißende Verse und Pamphlete in Umlauf gesetzt. So hat er sein Dichterideal Voltaire bald gestreichelt, bald gescholten und gekratzt. So verfuhr er aber auch mit Menschen, welche er wirklich hoch schätzte, denen er das größte Vertrauen schenkte, die er in den Kreis seiner Freunde aufgenommen. Er hatte den Marquis d'Argens an seinen Hof gezogen, zum Kammerherrn gemacht, zum Mitglied der Akademie, zu einem seiner nächsten und liebsten Genossen. Die Briefe, welche er ihm aus den Feldlagern des Siebenjährigen Krieges schrieb, gehören zu den schönsten und rührendsten Erinnerungen, die uns von dem Könige geblieben sind. Als Friedrich aus dem Kriege heimkehrt, ist ihm eine liebe Hoffnung, daß der Marquis bei ihm in Sanssouci wohnen soll. Und wenige Jahre darauf ist dieses schöne Verhältnis in der peinlichsten Weise gelöst. Wie war das doch möglich? Der Marquis war vielleicht der beste Franzose, den der König an sich gefesselt, ein Mann von Ehre, feinfühlend, gebildet, dem König in Wahrheit ergeben. Aber er war weder ein bedeutender, noch ein besonders kräftiger Mann. Lange Jahre hatte der König in ihm einen Gelehrten bewundert, was er nicht war, einen weisen, klaren, sichern Philosophen mit gefälligem Witz und frischer Laune, er hatte sich sein Bild ganz gemütlich und poetisch zugerichtet. Jetzt, bei dem täglichen Zusammensein, fand der König sich getäuscht, ›ein weichliches Wesen des‹ Franzosen, das mit der eigenen Kränklichkeit hypochondrisch spielte, ärgerte ihn, er begann zu erkennen, daß ›der gealterte Marquis weder ein großes Talent‹ noch ›von starkem Geist‹ war, das Ideal, das er sich von ihm gemacht, wurde zerstört. Da beginnt der König ihn wegen seiner Weichlichkeit zu verspotten, der empfindliche Franzose erbittet Urlaub, zur Herstellung seiner Gesundheit auf einige Monate nach Frankreich zu reisen. Der König ist durch dies übellaunische

Wesen verletzt, und fährt fort, in den Freundesbriefen, welche er ihm nachsendet, dies Kranktun zu höhnen. In Frankreich solle sich jetzt ein Werwolf zeigen, kein Zweifel, daß der Marquis dies sei, als Preuße, und in seiner kläglichen Krankenhülle. Ob er jetzt kleine Kinder esse? Die Unart habe er doch sonst nicht gehabt, aber auf Reisen ändere sich vieles am Menschen. Der Marquis bleibt statt weniger Monate zwei Winter; als er zurückkehren will, sendet er Zeugnisse seiner Ärzte; wahrscheinlich war der wackre Mann in der Tat krank gewesen, aber den König verletzt diese unbehilfliche Legitimation eines alten Freundes im Innersten. Und wie dieser zurückkehrt, ist das alte Verhältnis verdorben. Noch will ihn der König nicht loslassen, aber er gefällt sich darin, durch Stachelreden und starke Scherze den Treulosen zu strafen. Da fordert der Franzose, in tiefster Seele gekränkt, seine Entlassung. Er erhält sie, und man erkennt den Schmerz und Zorn des Königs aus dem Bescheide. Als der Marquis in dem letzten Brief, den er vor seinem Tode dem König schrieb, noch einmal nicht ohne Bitterkeit vorhielt, wie höhnend und schlecht er einen uneigennützigen Verehrer behandelt, da las der König schweigend den Brief. Aber an die Witwe des Toten schrieb er betrübt von seiner Freundschaft für ihren Gatten, und ließ ihm in fremdem Land ein kostbares Denkmal errichten. – Mit den meisten seiner Lieben ging es dem großen Fürsten so; magisch wie seine Kraft, anzuziehen, ebenso dämonisch war seine Fähigkeit, abzustoßen. Wer aber darin einen Fehler des Mannes schelten will, dem sei die Antwort, daß es in der Geschichte kaum einen andern König gegeben hat, der in so großartiger Weise sein geheimstes Seelenleben seinen Freunden aufgeschlossen hat, als Friedrich.

Wenige Monde trug Friedlich II. die Krone, da starb Kaiser Karl VI. Jetzt trieb den jungen König alles, ein großes Spiel zu wagen. Daß er solchen Entschluß faßte, war trotz der augenblicklichen Schwäche Österreichs doch an sich Zeichen eines kecken Muts. Die Länder, welche er regierte, zählten etwa ein Siebenteil der Menschenmasse, welche in dem weiten Gebiet der Maria Theresia lebte. Es ist wahr, sein Heer war vorläufig dem österreichischen an Zahl und Kriegstüchtigkeit weit überlegen, und nach der Vorstellung der Zeit war die Masse des Volkes nicht in der Weise zur Ergänzung des Heeres geeignet, wie jetzt. Und wenig ahnte er die Größe Maria Theresias. Aber schon in den Vorbereitungen zum Einmarsch bewies der König, daß er lange darauf gehofft, sich mit Österreich zu messen, in gehobener Stimmung begann er einen Kampf, der für sein Leben und das seines Staates entscheidend werden sollte. Wenig kümmerte ihn im Grunde das Recht, welches er auf schlesische Herzogtümer etwa noch hatte und durch seine Federn vor Europa zu erweisen suchte. Die Politik der despotischen Staaten des 17. und 18. Jahrhunderts sorgte darum überhaupt nicht. Wer seiner Sache einen guten Schein geben konnte, benutzte auch dieses Mittel; im Notfall war auch der unwahrscheinlichste Beweis, der schalste Vorwand genug. So hatte Ludwig XIV. gekriegt, so hatte der Kaiser gegen die Türken, Italiener, Deutschen, Franzosen und Spanier sein Interesse verfolgt, so war dem Großen Kurfürsten ein Teil seiner Erfolge durch andere verdorben worden. Gerade da, wo das Recht der Hohenzollern am deutlichsten gesprochen hatte, – wie in Pommern, – waren sie am meisten verkürzt worden. Durch niemand mehr als durch den Kaiser und das Haus Habsburg. Jetzt suchte ein Hohenzollern die Rache.»Sei mein Cicero und beweise das Recht meiner Sache, ich werde dein Cäsar sein und sie durchführen,« schrieb Friedrich seinem Jordan nach dem Einmarsch in Schlesien. Leicht mit beflügeltem Schritt wie zum Tanze betrat der König die Felder seiner Siege. Immer noch war heiterer Lebensgenuß, das süße Tändeln mit Versen, geistvolles Geplauder mit seinen Vertrauten über die Freuden des Tages, über Gott, Natur und Unsterblichkeit, was er für das Salz seines Lebens hielt. Aber die große Arbeit, in die er getreten war, begann ihre Wirkungen auf seine Seele schon nach den ersten Wochen, bevor er noch die Feuerprobe der ersten großen Schlacht durchgemacht hatte. Und sie hat seitdem an seiner Seele gehämmert und geschmiedet, bis sie sein Haar grau färbte und das feurige Herz zu klingendem Metall verhärtete. Mit der wundervollen Klarheit, die ihm eigen war, beobachtete er den Beginn dieser Änderungen. Wie ein Fremder sah er schon damals auf sein eigenes Leben.»Du wirst mich philosophischer finden, als du denkst,« schreibt er dem Freunde,»ich bin es immer gewesen, bald mehr bald weniger. Meine Jugend, das Feuer der Leidenschaft, das Verlangen nach Ruhm, ja, um dir nichts zu verbergen, auch die Neugierde, endlich ein geheimer Instinkt haben mich aus der süßen Ruhe getrieben, die ich genoß, und der Wunsch meinen Namen in den Zeitungen und der Geschichte zu sehen, hat mich seitab geführt. Komm her zu mir, die Philosophie behält ihre Rechte, und ich versichere dich, wenn ich nicht diese verdammte Vorliebe für den Ruhm hätte, ich würde nur an ruhiges Behagen denken.« Und als der treue Jordan in seine Nähe kommt und er den Mann des friedlichen Genusses furchtsam und unbehaglich im Felde sieht, da empfindet der König plötzlich, daß er ein anderer und Stärkerer geworden ist. Der Ankommende war von ihm so lange als der Gelehrtere geehrt worden, er hatte ihm Verse gebessert, Briefe stilisiert, in Kenntnis der griechischen Gelehrtenschulen war er ihm weit überlegen gewesen. Und trotz aller philosophischen Bildung machte er dem König jetzt den Eindruck eines Mannes ohne Mut; mit herbem Spotte fuhr der König gegen ihn los. Und in einer seiner besten Improvisationen stellt er sich selbst als Krieger dem weichlichen Philosophen gegenüber. So unbillig die Spottverse waren, mit denen er ihn immer wieder überschüttete, so schnell war doch auch die Rückkehr der alten herzlichen Empfindung. Aber es war auch der erste leise Fingerzeig des Schicksals für den König selbst; noch oft sollte ihm das gleiche begegnen, er sollte werte Männer, treue Freunde einen nach dem andern verlieren, nicht nur durch den Tod, noch mehr durch die Kälte und Entfremdung, welche zwischen seinem und ihrem Wesen sich auftat. Denn der Weg, den er jetzt betreten hatte, sollte alle Größe, aber auch alle Einseitigkeiten seiner Natur immer stärker ausbilden, bis an die Grenze des Menschlichen; je höher er sich selbst über die andern erhob, desto kleiner mußte ihm ihr Wesen erscheinen; fast alle, die er in späteren Jahren mit dem eigenen Maße maß, waren wenig imstande, dabei zu bestehen. Und das Mißbehagen und die Enttäuschung, die er dann empfinden sollte, wurden wieder schärfer und rücksichtsloser, bis er selbst auf einsamer Höhe aus Augen, die wie Horn in dem versteinerten Antlitz standen, auf das Treiben der Menschen zu seinen Füßen heruntersah. Immer aber bis zu seinen letzten Stunden wurde der kalte Strahl seines prüfenden Blickes unterbrochen durch den hellen Glanz einer warmen menschlichen Empfindung. Und daß diese ihm blieb, macht die große tragische Gestalt für uns so rührend.

Jetzt freilich im ersten Kriege sieht er auf die stille Ruhe seines »Remusberg« noch mit Sehnsucht zurück und tief fühlt er den Zwang eines ungeheuren Geschicks, der ihn bereits umgibt. »Es ist schwer, mit Gleichmut dies Glück und Unglück zu ertragen,«

schreibt er;»wohl kann man kalt scheinen im Glück und unberührt bei Verlusten, die Züge des Gesichts können sich verstellen, aber der Mann, das Innere, die Falten des Herzens werden deshalb nicht weniger angegriffen.« Und hoffnungsvoll schließt er:»Alles, was ich von mir wünsche, ist doch nur, daß die Erfolge nicht meine menschlichen Empfindungen und Tugenden verderben, zu denen ich mich immer bekannt habe. Möchten meine Freunde mich so finden, wie ich immer gewesen bin.« Und am Ende des Krieges schreibt er:»Sieh, dein Freund ist zum zweitenmal Sieger. Wer hätte vor einigen Jahren gesagt, daß dein Schüler in der Philosophie eine militärische Rolle in der Welt spielen werde? daß die Vorsehung einen Dichter ausersehen würde, das politische System Europas umzustürzen?«[2] – So frisch und jung empfand Friedrich, als er aus dem ersten Kriege im Triumphzuge nach Berlin zurückkehrte.

Zum zweitenmal zieht er aus, Schlesien zu behaupten. Wieder ist er Sieger, schon hat er das ruhige Selbstgefühl eines erprobten Feldherrn, lebhaft ist seine Freude über die Güte seiner Truppen.»Alles, was mir bei diesem Siege schmeichelt,« schreibt er an Frau von Camas,[3] »ist, daß ich durch den schnellen Entschluß und ein kühnes Manöver zur Erhaltung so vieler braven Leute beitragen konnte. Ich wollte nicht den geringsten meiner Soldaten um eitlen Ruhm, der mich nicht mehr täuscht, verwunden lassen.« Aber mitten in den Kampf fiel der Tod von zwei seiner liebsten Freunde, Jordan und Kayserlingk. Rührend ist seine Klage.»In weniger als drei Monaten habe ich meine beiden treuesten Freunde verloren, Leute, mit denen ich täglich gelebt habe, anmutige Gesellschafter, ehrenwerte Männer und wahre Freunde. Es ist schwer für ein Herz, das so empfindsam geschaffen wurde wie das meine, den tiefen Schmerz zurückzudrängen. Kehre ich nach Berlin zurück, ich werde fast fremd in meinem eigenen Vaterlande, isoliert in meinem Hause sein. Auch Sie haben das Schicksal gehabt, auf einmal viele Personen zu verlieren, die Ihnen lieb waren; ich bewundere Ihren Mut, aber nachahmen kann ich ihn nicht. Meine einzige Hoffnung ist die Zeit, die mit allem zu Ende kommt, was es in der Natur gibt. Sie fängt an, die Eindrücke in unserm Gehirn zu schwächen, und hört damit auf uns

[2] Oeuvres T. XVII. Nr. 140, p. 213.
[3] Oeuvres T. XVIII. Nr. 10.

selbst zu vernichten. Ich fürchte mich jetzt vor allen den Orten, welche mir die traurige Erinnerung an Freunde, die ich für immer verloren habe, zurückrufen.« – Und noch vier Wochen nach dem Tode schreibt er derselben Freundin, die ihn zu trösten versuchte: »Glauben Sie nicht, daß der Drang der Geschäfte und Gefahren in der Traurigkeit zerstreut, ich weiß aus Erfahrung, das ist ein schlechtes Mittel. Leider sind erst vier Wochen vergangen, seit meine Tränen und mein Schmerz begann, aber nach den heftigen Anfällen der ersten Tage fühle ich mich jetzt ebenso traurig, ebensowenig getröstet, als im Anfang.« Und als ihm sein würdiger Erzieher Duhan aus der Hinterlassenschaft Jordans einige französische Bücher schickt, die der König begehrt hatte, schrieb der Fürst noch im Spätherbst desselben Jahres: »Mir kamen die Tränen in die Augen, als ich die Bücher meines armen geschiedenen Jordan öffnete; ich habe ihn so sehr geliebt und es wird mir sehr schwer zu denken, daß er nicht mehr ist.« – Nicht lange und der König verlor auch den Vertrauten, an den dieser Brief gerichtet ist.

Der Verlust der Jugendfreunde im Jahre 1745 bildet einen wichtigen Abschnitt im innern Leben des Königs. Mit den uneigennützigen ehrlichen Männern starb ihm fast alles, was ihn im Verkehr mit andern glücklich gemacht hatte. Die Verbindungen, in welche er jetzt als Mann trat, waren sämtlich von anderer Art. Auch die besten der neuen Bekannten wurden vielleicht Vertraute einzelner Stunden, nicht die Freunde seines Herzens. Das Bedürfnis nach anregendem geistigem Verkehr blieb, ja es wurde stärker und anspruchsvoller. Denn er ist auch darin eine einzige Erscheinung, er konnte heitere und vertrauensvolle Verhältnisse niemals entbehren, nicht das leichte, fast rückhaltlose Geplauder, welches durch alle Schattierungen menschlicher Stimmung, tiefsinnig oder frivol, von den größten Fragen des Menschengeschlechts bis zu den kleinsten Tagesereignissen herabflatterte. Gleich nach seiner Thronbesteigung hatte er an Voltaire geschrieben und ihn zu sich eingeladen; er war mit dem Franzosen zuerst 1740 auf einer Reise bei Wesel zusammengetroffen, kurz darauf war Voltaire auf wenige Tage für schweres Geld nach Berlin gekommen, er hatte schon damals dem König den Eindruck eines Narren gemacht, aber Friedrich fühlte doch eine unendliche Verehrung vor dem Talent des Mannes; Voltaire war ihm der größte Dichter aller Zeiten, Hofmarschall des Parnasses, auf dem der König selbst so gern eine Rolle spielen wollte. Immer stärker wurde Friedrichs Wunsch, den Mann zu besitzen. Er betrachtete sich als seinen Schüler, er wünschte jeden seiner Verse durch den Meister gebilligt, lechzte unter seinen märkischen Offizieren nach dem Witz und Geist der eleganten Franzosen; endlich war auch die Eitelkeit eines Souveräns dabei, er wollte ein Fürst der schönen Geister und Philosophen werden, wie er ein ruhmgekrönter Heerführer geworden war. Seit dem Zweiten Schlesischen Kriege wurden zumeist die Fremden seine Vertrauten, seit 1750 ward ihm die Freude, auch den großen Voltaire als Mitglied seines Hofhaltes bei sich zu sehen. Es war kein Unglück, daß der schlechte Mann nur wenige Jahre unter den Barbaren aushielt.

Diese zehn Jahre von 1746 bis 1756 sind es, in denen Friedrich als Schriftsteller Selbstgefühl und eine Bedeutung gewann, welche noch heut in Deutschland nicht nach Gebühr gewürdigt wird. Über seine französischen Verse vermag der Deutsche nur unvollständig zu urteilen. Er war ein behender Dichter, dem sich mühelos jede Stimmung in Reim und Vers fügte. Er hat aber in seiner Lyrik die Schwierigkeiten der fremden Sprache vor den Augen eines Franzosen niemals vollständig überwunden, wie fleißig auch seine Vertrauten durchsahen; ja es fehlte ihm, wie uns scheint, immer an der gleichmäßigen rhetorischen Stimmung, jenem Stil, der in der Zeit Voltaires das erste Kennzeichen eines berufenen Dichters war; denn neben schönen und erhabenen Sätzen in prächtiger Phrase störten triviale Gedanken und banaler Ausdruck. Auch seine Geschmacksbildung war nicht sicher und selbständig genug; er war in seinem ästhetischen Urteil schnell bewundernd, kurz absprechend, aber in der Stille weit abhängiger von der Meinung seiner französischen Bekannten, als sein Stolz eingeräumt hätte. Das Beste, was in der französischen Presse damals erblühte, die Rückkehr zu Natur und der Kampf schöner Wahrheit gegen die Fesseln der alten Konvenienz, blieb dem König unverständlich; Rousseau war ihm lange Zeit ein exzentrischer armer Teufel, und der gewissenhafte und lautere Geist Diderots galt ihm gar für seicht. Und dennoch scheint uns, daß in seinen Gedichten und grade in den leichten Improvisationen, die er seinen Freunden gönnt, nicht selten ein Reichtum an poetischem Detail und ein herzgewinnender Ton wahren Gefühls durchbricht, um den ihn wenigstens sein Vorbild Voltaire beneiden könnte. –[4]

Wie die Kommentare Cäsars ist Friedrichs Geschichte seiner Zeit eines der bedeutendsten Denkmale der historischen Literatur.[5]. Es ist wahr, er schrieb gleich dem römischen Feldherrn, gleich jedem handelnden Staatsmann die Tatsachen so, wie sie in der Seele eines Beteiligten reflektieren, nicht alles ist von ihm gleichmäßig gewürdigt, und nicht jeder Partei gönnt er ihr bestes Recht; aber er weiß unendlich vieles, was jedem Fernstehenden verborgen bleibt, und führt nicht unparteiisch, aber auch gegen seine Gegner hochgesinnt in einige innerste Motive der großen Ereignisse ein. Er schrieb zuweilen ohne den großen Apparat, den ein Historiker von Fach um sich sammeln muß, es begegnete ihm daher, daß Erinnerung und Urteil, so zuverlässig beide sind, ihn an einzelnen Stellen im Stich ließen; endlich schrieb er eine Apologie seines Hauses, seiner Polemik, seiner Feldzüge, und wie Cäsar verschweigt er einigemal und legt die Tatsachen so zurecht, wie er sie auf die Folgezeit gebracht wünscht. Aber die Wahrheitsliebe und Offenherzigkeit, mit der er sein Haus und sein eignes Tun behandelt, ist dennoch nicht weniger bewundernswert, als die souveräne Ruhe und Freiheit, in der er über den Begebenheiten schwebt, trotz der kleinen rhetorischen Schnörkel, welche im Geschmack der Zeit lagen.

Erstaunlich wie seine Fruchtbarkeit ist seine Vielseitigkeit. Einer der größten Militärschriftsteller, ein bedeutender Geschichtschreiber, behender Dichter, und daneben populärer Philosoph, praktischer Staatsmann, ja sogar anonymer, sehr ausgelassener Pamphlet-

---

[4] Es ist hier allerdings nicht der Ort, auf Einzelheiten einzugehen, wozu auch seine dramatischen Versuche einladen. – Wir besitzen endlich eine sorgfältige Ausgabe seiner Werke. Aber es wäre nicht minder Pflicht, eine Auswahl seiner Poesien und sein größeres Geschichtswerk in guter deutscher Übertragung zu einem Gemeingut der Nation zu machen, welcher diese Seite im Leben ihres Königs bis jetzt noch zu fremd geblieben ist.

[5] Die Teile seines Geschichtswerks erschienen bekanntlich unter besonderen Titeln, mit mehren Einleitungen. Die Memoiren des Hauses Brandenburg (begonnen 1746), im größten Teil unbedeutend und zusammengeschrieben, dann Geschichte unserer Zeit (verf. 1746–75), sein Meisterstück, dann die große Geschichte des Siebenjährigen Krieges (beendet 1764), endlich die Memoiren seit dem Hubertusburger Frieden (verf. 1775–1779): sie bilden trotz ungleichmäßiger Behandlung doch ein zusammenhängendes Ganzes.

schreiber und einigemal Journalist, ist er stets bereit, für alles, was ihn erfüllt, erwärmt, begeistert, mit der Feder ins Feld zu ziehen, um jeden anzugreifen in Versen und Prosa, der ihn reizt oder ärgert, nicht nur Papst und Kaiserin, Jesuiten und holländische Zeitungsschreiber, auch alte Freunde, wenn sie ihm lau erscheinen, was er nicht leiden kann, oder wenn sie gar von ihm abzufallen drohen. Nie hat es – seit Luther – einen so kampflustigen, rücksichtslosen, unermüdlichen Schreiber gegeben. Sobald er die Feder zum Schreiben ansetzt, ist er wie Proteus alles, Weiser oder Intrigant, Historiker oder Poet, wie es grade die Situation verlangt, immer ein bewegter, feuriger, geistvoller, zuweilen auch unartiger Mensch, an seine königliche Würde aber denkt er wenig. Alles was ihm lieb ist, feiert er durch Gedichte oder Lobreden: die erhabenen Lehren seiner Philosophie, seine Freunde, sein Heer, Freiheit des Glaubens, selbständige Forschung, Toleranz und Bildung des Volkes.

Erobernd hatte der Geist Friedrichs sich nach allen Richtungen ausgebreitet. Es gab, so schien es, kein Hindernis, das ihn aufhielt, wo der Ehrgeiz antrieb zu siegen. Da kamen die Jahre der Prüfung, sieben Jahre furchtbarer, herzquälender Sorgen. Die große Periode, wo dem reichen hochfliegenden Geiste die schwersten Aufgaben, die je ein Mensch bestanden, auferlegt wurden, wo ihm fast alles unterging, was er für sich selbst an Freude und Glück, an Hoffnungen und egoistischem Behagen besaß, wo auch Holdes und Anmutiges in dem Menschen sterben sollte, damit er der entsagende Fürst seines Volkes, der große Beamte des Staates, der Held einer Nation wurde. Nicht eroberungslustig zog er diesmal in den Kampf; daß er um sein und seines Staates Leben zu kämpfen hatte, war ihm lange vorher deutlich geworden. Aber um so höher wuchs ihm der Entschluß. Wie der Sturmwind wollte er in die Wolken brechen, die sich von allen Seiten um sein Haupt zusammenzogen. Durch die Energie eines unwiderstehlichen Angriffs gedachte er die Wetter zu zerteilen, bevor sie sich entluden. Er war bis dahin nie besiegt worden, seine Feinde waren geschlagen, sooft er, sein furchtbares Werkzeug, das Heer, in der Hand, auf sie gestoßen war. Das war eine Hoffnung, die einzige. Wenn ihm auch diesmal erprobte Gewalt nicht versagte, so mochte er seinen Staat retten.

Aber gleich bei dem ersten Zusammentreffen mit den Österreichern, den alten Feinden, sah er, daß auch sie von ihm gelernt hatten und andere geworden waren. Bis zum Äußersten spannte er seine Kraft, und bei Collin versagte sie ihm. Der 18. Juni 1757 ist der verhängnisvollste Tag in Friedrichs Leben. Dort begegnete, was ihm noch zweimal in diesem Kriege den Sieg entriß: der Feldherr hatte seine Feinde zu gering geachtet, er hatte seinem eigenen tapfern Heere das Übermenschliche zugemutet. Nach einer kurzen Betäubung hob sich Friedrich in neuer Kraft. Aus dem Angriffskriege war er auf eine verzweifelte Defensive angewiesen, von allen Seiten brachen die Gegner gegen sein kleines Land, mit jeder großen Macht des Festlandes trat er in tödlichen Kampf, er, der Herr über nur vier Millionen Menschen und über ein geschlagenes Heer. Jetzt bewährte er sein Feldherrntalent, wie er sich nach Verlusten den Feinden entzog und sie wieder packte und schlug, wo man ihn am wenigsten erwartete, wie er sich bald dem einen, bald dem andern Heere entgegenwarf, unübertroffen in seinen Dispositionen, unerschöpflich in seinen Hilfsmitteln, unerreicht als Führer und Schlachtenherr seiner Truppen. So stand er, einer gegen fünf, gegen Österreicher, Russen, Franzosen, von denen jeder einzelne der Stärkere war, zu gleicher Zeit noch gegen Schweden und die Reichstruppen. Fünf Jahre lang kämpfte er so gegen eine ungeheure Übermacht, jedes Frühjahr in Gefahr, allein durch die Massen erdrückt zu werden, jeden Herbst wieder befreit. Ein lauter Ruf der Bewunderung und des Mitgefühls ging durch Europa. Und unter den ersten widerwilligen Lobrednern waren seine heftigsten Feinde. Grade jetzt, in diesen Jahren des wechselnden Geschickes, wo der König selbst so bittere Zufälle des Schlachtenglücks erlebte, wurde seine Kriegführung das Staunen aller Heere Europas. Wie er seine Linien gegen den Feind zu stellen wußte, immer als der Schnellere und Gewandtere, wie er so oft in schräger Stellung den schwächsten Flügel des Feindes überflügelte, zurückdrängte und zusammenwarf, wie seine Reiterei, die neu geschaffen zu der ersten der Welt geworden war, in Furie über den Feind stürzte, seine Reihen zerriß, seine Haufen zersprengte, das wurde überall als neuer Fortschritt der Kriegskunst, als die Erfindung des größten Genies gepriesen. Taktik und Strategie des preußischen Heeres wurde für alle Armeen Europas fast ein halbes Jahrhundert Vorbild und Muster. Einstimmig wurde das Urteil, daß Friedrich der größte Feldherr seiner Zeit sei, daß es vor ihm, solange es eine Geschichte gibt, wenig Heerführer gegeben, die mit ihm zu vergleichen wären. Daß die kleinere Zahl so häufig gegen die Mehrzahl siegte, daß sie auch geschlagen nicht zerschmolz, sondern, wenn kaum der Feind seine Wunden geheilt, so drohend und gerüstet wie früher ihm gegenübertrat, das schien unglaublich. Wir aber rühmen nicht die Kriegführung des Königs allein, auch die kluge Bescheidenheit, mit welcher er seine Lineartaktik handhabte. Er wußte sehr gut, wie sehr ihn die Rücksicht auf Magazine und Verpflegung beengte und die Tausende von Karren, auf denen er Proviant und die Tagesbedürfnisse des Soldaten mit sich führen mußte. Aber er wußte auch, daß diese Methode für ihn die einzige Rettung war. Einmal, als er nach der Schlacht bei Roßbach den bewundernswerten Marsch nach Schlesien machte, 41 Meilen in 15 Tagen, da in der höchsten Gefahr verließ er seine alte Methode, er zog durch die Länder wie jetzt andere Armeen, er ließ die Leute von den Wirten verpflegen. Aber sogleich kehrte er wieder weise zu dem alten Brauch zurück.[6] Denn sobald seine Feinde ihm diese freie Bewegung nachmachen lernten, war er sicher verloren. Wenn die alte Landesmiliz in seinen alten Provinzen wieder aufstand, die Schweden verjagen half und Colberg und Berlin tapfer verteidigte, so ließ er sich das zwar gerne gefallen; aber er hütete sich sehr, den Volkskrieg zu ermuntern, und als sein ostfriesisches Landvolk sich selbstkräftig gegen die Franzosen erhob und von diesen dafür hart heimgesucht wurde, ließ er ihm rauh sagen, es sei selbst schuld daran; denn der Krieg sollte für die Soldaten sein, für den Bauer und Bürger die ungestörte Arbeit, die Steuern, die Aushebung. Er wußte wohl, daß er verloren war, wenn ein Volkskrieg in Sachsen und Böhmen gegen ihn aufgeregt wurde. Grade diese Beschränkung des umsichtigen Feldherrn auf die militärischen Formen, welche ihm allein den Kampf möglich machten, mag zu seinen größten Eigenschaften gerechnet werden.

Immer lauter wurde der Schrei der Trauer und Bewunderung, mit welcher Deutsche und Fremde diesem Todeskampfe des umstellten Löwen zusahen. Schon im Jahre 1740 war der junge König von den Protestanten als Parteigänger für Gewissensfreiheit und Aufklärung gegen Intoleranz und Jesuiten gefeiert worden. Seit er

---

[6] von Tempelhof, Siebenjähriger Krieg I. S. 282.

wenige Monate nach der Schlacht bei Collin die Franzosen bei Roßbach so gründlich geschlagen hatte, wurde er der Held Deutschlands, ein Jubelruf der Freude brach überall aus. Durch zweihun-
dert Jahre hatten die Franzosen dem vielgeteilten Land große Unbill
zugefügt, grade jetzt begann das deutsche Wesen sich gegen den
Einfluß französischer Bildung zu setzen, und jetzt hatte der König,
der selbst die Pariser Verse so sehr bewunderte, die Pariser Generäle so unübertrefflich mit deutschen Kugeln weggescheucht. Es war
ein so glänzender Sieg, eine so schmachvolle Niederlage der alten
Feinde, es war eine Herzensfreude überall im Reich; auch wo die
Soldaten der Landesherren gegen König Friedrich im Felde lagen,
jubelten daheim Bürger und Bauern über seine deutschen Hiebe.
Und je länger der Krieg dauerte, je lebhafter der Glaube an die Un-
überwindlichkeit des Königs wurde, desto mehr erhob sich das
Selbstgefühl der Deutschen. Seit langen, langen Jahren fanden sie
jetzt einen Helden, auf dessen Kriegsruhm sie stolz sein durften,
einen Mann, der mehr als Menschliches leistete. Unzählige Anekdo-
ten liefen von ihm durch das Land, jeder kleine Zug von seiner
Ruhe, guten Laune, Freundlichkeit gegen einzelne Soldaten, von
der Treue seines Heeres flog Hunderte von Meilen; wie er in Todes-
not die Flöte im Zelte blies, wie seine wunden Soldaten nach der
Schlacht Choral sangen, wie er den Hut vor einem Regiment ab-
nahm, – es ist ihm seitdem öfter nachgemacht worden, – das wurde
am Neckar und Rhein herumgetragen, gedruckt, mit frohem Lachen
und mit Tränen der Rührung gehört. Es war natürlich, daß die
Dichter sein Lob sangen, waren doch drei von ihnen im preußischen
Heere gewesen, Gleim und Lessing als Sekretäre kommandierender
Generäle, und Ewald von Kleist, ein Liebling der jungen literari-
schen Kreise, als Offizier, bis ihn die Kugel bei Kunnersdorf traf.
Aber noch rührender für uns ist die treue Hingebung des preußi-
schen Volkes. Die alten Provinzen, Preußen, Pommern, die Marken,
Westfalen litten unsäglich durch den Krieg, aber die stolze Freude,
Anteil an dem Helden Europas zu haben, hob auch den kleinen
Mann oft über das eigene Leiden heraus. Der bewaffnete Bürger
und Bauer zog jahrelang immer wieder als Landmiliz ins Feld. Als
eine Anzahl Rekruten aus dem Cleveschen und der Grafschaft
Ravensburg nach verlorenem Treffen fahnenflüchtig wurde und in
die Heimat zurückkehrte, da wurden die Ausreißer von ihren eigenen Landsleuten und Verwandten für eidbrüchig erklärt, verbannt

und aus den Dörfern zum Heere zurückgejagt. Nicht anders war das Urteil im Ausland. In den protestantischen Kantonen der Schweiz nahm man so warmen Teil an dem Geschick des Königs, als wären die Enkel der Rütlimänner nie vom Deutschen Reich abgelöst worden. Es gab dort Leute, die vor Verdruß krank wurden, wenn die Sache des Königs schlecht stand.[7] Ebenso war es in England.

Jeder Sieg des Königs erregte in London laute Freude, die Häuser wurden erleuchtet, Bildnisse und Lobgedichte feilgeboten, im Parlament verkündete Pitt bewundernd jede neue Tat des großen Alliierten. Selbst zu Paris war man im Theater, in den Gesellschaften mehr preußisch als französisch gesinnt. Die Franzosen spotteten über ihre eigenen Generäle und die Clique der Pompadour, wer dort für die französischen Waffen war, so berichtet Duclos, durfte damit kaum laut werden. In Petersburg war Großfürst Peter und sein Anhang so gut preußisch, daß dort bei jedem Nachteil, den Friedrich erhalten, in der Stille getrauert wurde. Ja bis in die Türkei und zum Khan der Tataren reichte der Enthusiasmus. Und diese Pietät eines ganzes Weltteils überdauerte den Krieg. Dem Maler Hackert wurde mitten in Sizilien bei der Durchreise durch eine kleine Stadt von dem Magistrat ein Ehrengeschenk von Wein und Früchten überreicht, weil sie gehört hätten, daß er ein Preuße sei, ein Untertan des großen Königs, dem sie dadurch ihre Ehrfurcht erweisen wollten. Und Muley Ismael, Kaiser von Marokko, ließ die Schiffsmannschaft eines Bürgers von Emden, den die Barbaresken nach Mogador geschleppt, ohne Lösung frei, schickte die Mannschaft neugekleidet nach Lissabon und gab ihnen die Versicherung: ihr König sei der größte Mann der Welt, kein Preuße solle in seinen Ländern Gefangener sein, seine Kreuzer würden nie die preußische Flagge angreifen.

Arme gedrückte Seele des deutschen Volkes, wie lange war es doch her, seit die Männer zwischen Rhein und Oder nicht die Freude gefühlt hatten, unter den Nationen der Erde vor andern geachtet zu sein! Jetzt war durch den Zauber einer Manneskraft alles wie umgewandelt. Wie aus bangem Traum erwacht sah der Landsmann auf die Welt und in sein eigenes Herz. Lange hatten die Menschen still vor sich hin gelebt, ohne Vergangenheit, deren sie sich freuten,

---

[7] Sulzer an Gleim in: Briefe der Schweizer von Körte, S. 354.

ohne eine große Zukunft, auf die sie hofften. Jetzt empfanden sie auf einmal, daß auch sie teil hatten an der Ehre und Größe in der Welt, daß ein König und sein Volk, alle von ihrem Blute, dem deutschen Wesen eine goldne Fassung gegeben hatten, der Geschichte der zivilisierten Menschheit einen neuen Inhalt. Jetzt durchlebten sie alle selbst, wie ein großer Mensch kämpfte, wagte und siegte.

Jetzt arbeite in deiner Schreibstube, friedlicher Denker, phantasievoller Träumer, du hast über Nacht gelernt, mit Lächeln auf das Fremde herabzusehen und von deiner eigenen Anlage Großes zu hoffen. Versuche jetzt, was aus deinem Herzen quillt. –

Aber während die junge Kraft des Volkes in begeisterter Wärme die Flügel regte, wie empfand unterdes der große Fürst, der ohne Ende gegen die Feinde rang? Als ein schwacher Ton klang der begeisternde Ruf des Volkes an sein Ohr, fast gleichgültig vernahm ihn der König. In ihm wurde es stiller und kälter. Zwar immer wieder kamen leidenschaftliche Stunden des Schmerzes und herzzerreißender Sorge. Er verschloß sie vor seinem Heere in sich, das ruhige Antlitz wurde härter, tiefer die Furchen, gespannter der Blick. Gegen wenige Vertraute öffnete er in einzelnen Stunden das Innere, dann bricht auf einige Augenblicke der Schmerz eines Mannes hervor, der an den Grenzen des Menschlichen angekommen ist.

Zehn Tage nach der Schlacht bei Collin starb seine Mutter; wenige Wochen darauf scheuchte er im Zorn seinen Bruder August Wilhelm vom Heere, das dieser zu führen nicht kräftig genug gewesen war; das Jahr darauf starb auch dieser, wie der meldende Offizier dem König verkündete, durch Gram getötet. Kurz darauf erhielt er die Nachricht vom Tode seiner Schwester von Baireuth. Einer nach dem andern von seinen Generälen sank an seiner Seite oder verlor des Königs Vertrauen, weil er den übermenschlichen Aufgaben dieses Krieges nicht gewachsen war. Seine alten Soldaten, sein Stolz, eherne Krieger, in drei harten Kriegen erprobt, sie, die sterbend noch die Hand nach ihm ausstreckten und seinen Namen riefen, wurden in Haufen um ihn zerschmettert, und was in die weiten Gassen eintrat, die der Tod unaufhörlich in sein Heer riß, das waren junge Leute, manche gute Kraft, viel schlechtes Volk. Der König gebrauchte sie, wie die andern auch, strenger, härter. Auch der schlechteren Masse gab sein Blick und Wort Bravour und Hingebung, aber er wußte doch, wie dies alles nicht retten würde; kurz und schneidend wurde sein Tadel, sparsam sein Lob. So lebte er dort, fünf Sommer und Winter kamen und gingen, riesig war die Arbeit, unermüdlich sein Denken und Kombinieren, das Fernste und Kleinste übersah prüfend sein Adlerauge, und doch keine Änderung, und doch nirgend eine Hoffnung. Der König las und schrieb in den Stunden der Ruhe, grade wie früher, er machte seine Verse und unterhielt die Korrespondenz mit Voltaire und Algarotti, aber er war gefaßt, alles das werde nächstens für ihn ein Ende haben, ein kurzes, schnelles; er trug Tag und Nacht bei sich, was ihn von Daun und Laudon frei machte. Der ganze Handel wurde ihm zuweilen verächtlich.

Diese Stimmungen des Mannes, von welchem das geistige Leben Deutschlands seine neue Zeit datiert, verdienen wohl, daß der Deutsche sie mit Ehrfurcht beachte. Es ist hier nur möglich einzelnes herauszuheben, wie es vorzugsweise in den Briefen Friedrichs an den Marquis d'Argens und Frau von Camas hervorbricht. So spricht der große König von seinem Leben:

(1757. Juni.) Das Mittel gegen meinen Schmerz liegt in der täglichen Arbeit, die ich zu, tun verpflichtet bin, und in den fortgesetzten Zerstreuungen, die mir die Zahl meiner Feinde gewährt. Wenn ich bei Collin getötet wäre, ich würde jetzt in einem Hafen sein, wo ich keinen Sturm mehr zu fürchten hätte. Jetzt muß ich noch über das stürmische Meer schiffen, bis ein kleiner Winkel Erde mir das Gute gewährt, was ich auf dieser Welt nicht habe finden können. – Seit zwei Jahren stehe ich wie eine Mauer, in die das Unglück Bresche geschossen hat. Aber denken Sie nicht, daß ich weich werde. Man muß sich schützen in diesen unseligen Zeiten durch Eingeweide von Eisen und ein Herz von Erz, um alles Gefühl zu verlieren. Der nächste Monat wird entscheiden für mein armes Land. Meine Rechnung ist: ich werde es retten, oder mit ihm untergehen. Sie können sich keinen Begriff machen von der Gefahr, in der wir sind, und von den Schrecken, die uns umgeben. –

(1758. Dez.) Ich bin des Lebens sehr müde, der ewige Jude ist weniger hin und her gezogen als ich, ich habe alles verloren, was ich auf dieser Welt geliebt und geehrt habe, ich sehe mich umgeben von Unglücklichen, deren Leiden ich nicht abhelfen kann. Meine Seele ist noch gefüllt mit den Eindrücken der Ruinen aus meinen besten

Provinzen und der Schrecken, welche eine Horde mehr von unvernünftigen Tieren als von Menschen dort verübt hat. Auf meine alten Tage bin ich fast bis zu einem Theaterkönig herabgekommen; Sie werden mir zugeben, daß eine solche Lage nicht so reizvoll ist, um die Seele eines Philosophen an das Leben zu fesseln.

(1759. März.) Ich weiß nicht, was mein Schicksal sein wird. Ich werde alles tun, was von mir abhängen wird, um mich zu retten, und wenn ich unterliege, der Feind soll es teuer bezahlen. Ich habe mein Winterquartier als Klausner überstanden, ich speise allein, bringe mein Leben mit Lesen und Schreiben hin, und soupiere nicht. Wenn man traurig ist, so kostet es auf die Länge zu viel, unaufhörlich seinen Verdruß zu verbergen, und es ist besser, sich allein zu betrüben, als seine Verstimmung in die Gesellschaft zu bringen. Nichts tröstet mich, als die starke Anspannung, welche die Arbeit fordert; solange sie dauert, verscheucht sie die traurigen Ideen.

Aber ach, wenn die Arbeit geendet ist, dann werden die Grabesgedanken wieder so lebendig, wie vorher. Maupertuis hat recht, die Summe der Übel ist größer als die des Guten. Aber mir ist es gleich, ich habe fast nichts mehr zu verlieren, und die wenigen Tage, die mir bleiben, beunruhigen mich nicht so sehr, daß ich mich lebhaft dafür interessieren sollte. –

(1759. 16. Aug.) Ich will mich auf ihren Weg stellen und mir den Hals abschneiden lassen, oder die Hauptstadt retten. Ich denke, das ist Ausdauer genug. Für den Erfolg will ich nicht stehen. Hätte ich mehr als ein Leben, ich wollte es für mein Vaterland hingeben. Wenn mir aber dieser Streich fehlschlägt, so halte ich mich für quitt gegen mein Land, und es wird mir erlaubt sein, für mich selbst zu sorgen. Es gibt Grenzen für alles. Ich ertrage mein Unglück, ohne daß es mir den Mut nimmt. Aber ich bin sehr entschlossen, wenn dies Unternehmen fehlschlägt, mir einen Ausweg zu machen, um nicht der Spielball von jeder Sorte von Zufall zu sein. – Glauben Sie mir, man braucht noch mehr als Festigkeit und Ausdauer, um sich in meiner Lage zu erhalten. Aber ich sagen Ihnen frei heraus, wenn mir ein Unglück begegnet, so rechnen Sie nicht darauf, daß ich Ruin und Untergang meines Vaterlandes überlebe. Ich habe meine eigne

Art zu denken. Ich will weder Sertorius noch Cato nachahmen, ich denke gar nicht an meinen Ruhm, sondern an den Staat. – (1760. Okt.) Der Tod ist süß im Vergleich mit solchen: Leben. Haben Sie Mitgefühl mit meiner Lage, glauben Sie nur, daß ich noch vieles Traurige verberge, womit ich andere nicht betrüben und beunruhigen will. – Ich betrachte als Stoiker den Tod. Niemals werde ich den Moment erleben, der mich verpflichten wird, einen nachteiligen Frieden zu schließen. Keine Unterredung, keine Beredsamkeit werden mich bestimmen können, meine Schmach zu unterzeichnen. Entweder lasse ich mich unter den Trümmern meines Vaterlandes begraben, oder wenn dieser Trost bei dem Geschick, welches mich verfolgt, noch zu süß erscheint, so werde ich meinen Leiden ein Ende machen, sobald es nicht mehr möglich wird, sie zu ertragen. Ich habe gehandelt und ich fahre fort zu handeln nach diesem innerlichen Ehrgefühl. Meine Jugend habe ich meinem Vater geopfert, mein Mannesalter meinem Vaterlande, ich glaube dadurch das Recht erlangt zu haben, über meine alten Jahre zu verfügen. Ich sage es und ich wiederhole es: nie wird meine Hand einen demütigenden Frieden unterzeichnen. Ich habe einige Bemerkungen über die militärischen Talente Karls XII. gemacht,[8] aber ich habe nicht darüber nachgedacht, ob er sich hätte töten sollen oder nicht. Ich denke, daß er nach der Einnahme von Stralsund weiser getan hätte, sich zu expedieren; aber was er auch getan oder gelassen hat, sein Beispiel ist keine Regel für mich. Es gibt Leute, welche sich vom Glück belehren lassen; ich gehöre nicht zu der Art. Ich habe für andere gelebt, ich will für mich sterben. Ich bin sehr gleichgültig über das, was man darüber sagen wird, und versichere Ihnen, ich werde es niemals hören. Heinrich IV. war ein jüngerer Sohn aus

---

[8] Er hatte 1759, ein Jahr, bevor er vorstehende Worte an den Marquis d'Argens schrieb, durch diesen Vertrauten seinen Aufsatz: Réflexions sur les talents militaires et sur le caractère de Charles XII. roi de Suède drucken lassen, eine der merkwürdigsten Abhandlungen des Königs. Sein Blick für die Fehler Karls XI. war geschärft durch die geheimen Erfahrungen, die er an sich selbst in den verlorenen Schlachten der letzten Jahre gemacht hatte, und indem er mit Achtung dem unglücklichen Eroberer das Urteil sprach, stellte er dabei sich zugleich die höhere Berechtigung seiner eigenen maßvollen Politik fest. Die Schrift ist deshalb nicht nur eine charakteristische Urkunde seiner weisen Mäßigung, sie ist auch ein Denkmal stiller Selbstbefreiung und eines innern Fortschritts.

gutem Hause, der sein Glück machte, ihm kam es nicht darauf an; wozu hätte er sich im Unglück hängen sollen? Ludwig XIV. war ein großer König und hatte große Hilfsmittel, er zog sich wohl oder übel aus der Affäre. Was mich betrifft, ich habe nicht die Hilfsquellen dieses Mannes, aber die Ehre ist mir mehr wert als ihm, und wie ich Ihnen gesagt habe, ich richte mich nach niemand. Wir zählen, wenn mir recht ist, fünftausend Jahre seit Schöpfung der Welt, ich glaube, daß diese Rechnung viel zu niedrig für das Alter des Universums ist. Das Land Brandenburg hat gestanden diese ganze Zeit, bevor ich war, und wird fortbestehen nach meinem Tode.

Die Staaten werden erhalten durch die Fortpflanzung der Rassen, und solange man mit Vergnügen daran arbeiten wird, das Leben zu vervielfältigen, wird auch der Haufen durch Minister oder Souveräne regiert werden. Das bleibt sich fast gleich: ein wenig einfältiger, ein wenig klüger, die Unterschiede sind so gering, daß die Masse des Volkes kaum etwas davon wahrnimmt. Wiederholen Sie mir also nicht die alten Einwendungen der Hofleute, Eigenliebe und Eitelkeit vermögen durchaus nicht meine Empfindung zu verändern. Es ist kein Akt der Schwäche, so unglückliche Tage zu enden, es ist eine vorsichtige Politik. – Ich habe alle meine Freunde verloren, meine liebsten Verwandten, ich bin unglücklich nach allen Möglichkeiten, ich habe nichts zu hoffen, meine Feinde behandeln mich mit Verachtung, mit Hohnlachen, und ihr Stolz rüstet sich, mich unter ihre Füße zu treten.

(1760. Nov.) Meine Arbeit ist schrecklich, der Krieg hat fünf Feldzüge gedauert. Wir vernachlässigen nichts, was uns Mittel des Widerstandes geben kann, und ich spanne den Bogen mit meiner ganzen Kraft; aber eine Armee ist zusammengesetzt aus Armen und Köpfen. Arme fehlen uns nicht, aber die Köpfe sind bei uns nicht mehr vorhanden, wenn Sie sich nicht etwa die Mühe geben wollen, mir einige beim Bildhauer Adam zu bestellen, und die würden grade so viel nützen, als was ich habe. Meine Pflicht und Ehre halten mich fest. Aber trotz Stoizismus und Ausdauer gibt es Augenblicke, wo man einige Lust verspürt, sich dem Teufel zu ergeben. Adieu, mein lieber Marquis, lassen Sie sich's gut gehen und machen Sie Ihre Gelübde für einen armen Teufel, der sich von hinnen begeben wird, um nach jener Wiese, die mit Asphodelos bepflanzt ist, zu reisen, wenn der Frieden nicht zustande kommt.

(1761. Juni.) Zählen Sie dies Jahr nicht auf den Frieden. Wenn das Glück mich nicht verläßt, so werde ich mich aus dem Handel ziehen, so gut ich kann. Aber ich werde im nächsten Jahr noch auf dem Seil tanzen und gefährliche Sprünge machen müssen, wenn es Ihren sehr apostolischen, sehr christlichen und sehr moskowitischen Majestäten gefällt zu rufen:»Springe, Marquis!« – Ach, wie sind die Menschen doch hartherzig! Man sagt mir:»Du hast Freunde.« Ja schöne Freunde, die mit gekreuzten Armen einem sagen:»Wirklich, ich wünsche dir alles Glück!« – »Aber ich ertrinke, reicht mir einen Strick!« – »Nein, du wirst nicht ertrinken.« – »Doch, ich muß im nächsten Augenblick untergehen.« – »O, wir hoffen das Gegenteil. Aber wenn dir das begegnete, so sei überzeugt, wir werden dir eine schöne Grabschrift machen.« – So ist die Welt, das sind die schönen Komplimente, womit man mich von allen Seiten bewillkommt.

(1762. Jan.) Ich bin so unglücklich in diesem ganzen Kriege gewesen mit der Feder und mit dem Degen, daß ich ein großes Mißtrauen gegen alle glücklichen Ereignisse erhalten habe. Ja, die Erfahrung ist eine schöne Sache; in meiner Jugend war ich ausgelassen wie ein Füllen, das ohne Zaum auf einer Wiese umherspringt, jetzt bin ich vorsichtig geworden wie der alte Nestor. Aber ich bin auch grau, runzelich aus Kummer, durch Körperleiden niedergedrückt und, mit einem Worte, nur noch gut vor die Hunde geworfen zu werden. Sie haben mich immer ermahnt, mich wohlzubefinden, geben Sie mir das Mittel, mein Lieber, wenn man gezaust wird, wie ich. Die Vögel, welche man dem Mutwillen der Kinder überläßt, die Kreisel, welche durch Meerkatzen herumgepeitscht werden, sind nicht mehr umhergetrieben und mißhandelt, als ich bis jetzt durch drei wütende Feinde war.

(1762. Mai.) Ich gehe durch eine Schule der Geduld, sie ist hart, langwierig, grausam, ja barbarisch. Ich rette mich daraus, indem ich das Universum im Ganzen ansehe, wie von einem fremden Planeten. Da erschienen mir alle Gegenstände unendlich klein, und ich bemitleide meine Feinde, daß sie sich soviel Mühe um so Geringes geben. Ist es das Alter, ist es das Nachdenken, ist es die Vernunft? Ich betrachte alle Ereignisse des Lebens mit viel mehr Gleichgültigkeit als sonst. Gibt es etwas für das Wohl des Staats zu tun, so setze ich noch einige Kraft daran, aber unter uns gesagt, es ist nicht mehr das feurige Stürmen meiner Jugend, nicht der Enthusiasmus, der mich sonst beseelte. Es ist Zeit, daß der Krieg zu Ende geht, denn meine Predigten werden langweilig, und bald werden meine Zuhörer sich über mich beklagen.

Und an Frau von Camas schreibt er: »Sie sprechen von dem Tode der armen F ... Ach, liebe Mama, seit sechs Jahren beklage ich nicht mehr die Toten, sondern die Lebenden.« –

So schrieb und trauerte der König, aber er hielt aus. Und wer durch die finstere Energie seines Entschlusses erschüttert wird, der möge sich vor der Meinung hüten, daß in ihr die Kraft dieses wunderbaren Geistes ihren höchsten Ausdruck finde. Es ist wahr, der König hatte einige Augenblicke der Betäubung, wo er die Kugel des Feindes für sich forderte, um nicht selbst den Tod in der Kapsel suchen zu müssen, welche er in den Kleidern trug; es ist wahr, er war fest entschlossen, den Staat nicht dadurch zu verderben, daß er als Gefangener Österreichs lebe; insofern hat, was er schreibt, eine furchtbare Wahrheit. Aber er war auch von poetischer Anlage, war ein Kind aus dem Jahrhundert, welches sich so sehr nach großen Taten sehnte und in dem Aussprechen erhabener Stimmungen so hohe Befriedigung fand; er war im Grund seines Herzens ein Deutscher mit denselben Herzensbedürfnissen, wie etwa der unendlich schwächere Klopstock und dessen Verehrer. Das Reflektieren und entschlossene Aussprechen seines letzten Plans machte ihn innerlich freier und heiterer. Auch seiner Schwester von Baireuth schrieb er darüber in dem unheimlichen zweiten Jahre des Krieges, und dieser Brief ist besonders charakteristisch.[9] Denn auch die Schwester ist entschlossen, ihn und den Fall ihres Hauses nicht zu überleben, und er billigt diesen Entschluß, dem er übrigens in seinem düstern Behagen über die eigenen Betrachtungen wenig Beachtung gönnt. Einst hatten die beiden Königskinder im strengen Vaterhause heimlich die Rollen französischer Trauerspiele miteinander rezitiert, jetzt schlugen ihre Herzen wieder in dem einmütigen Gedanken, sich durch einen antiken Tod aus dem Leben voll Täuschung, Verirrung und Leiden zu befreien. Aber als die aufgeregte und nervöse Schwester gefährlich erkrankte, da vergaß Friedrich alle seine Philosophie aus der Schule der Stoa, und in leidenschaftlicher Zärtlichkeit, die noch fest im Leben hing, sorgte und grämte er sich um

---

[9] Oeuvres XXVII. 1. Nr. 328 vom 17. September.

die, welche ihm die liebste seiner Familie war. Und als sie starb, da wurde sein lauter Jammer vielleicht noch durch die Empfindung geschärft, daß er zu tragisch in das zarte Leben der Frau gegriffen hatte. So mischt sich auch bei dem größten von allen Deutschen, welche aus der ersten Hälfte des 18. Jahrhunderts heraufkamen, poetische Empfindung und der Wunsch, schön und groß zu erscheinen, seltsam in das ernsthafte Leben der Wirklichkeit. Der arme kleine Professor Semler, welcher in der tiefsten Rührung noch seine Attitüde studiert und seine Komplimente überlegt, und der große König, welcher in kalter Erwartung seiner Todesstunde noch über den Selbstmord in schöngeformten Perioden schreibt, beide sind die Söhne derselben Zeit, in welcher das Pathos, welches in der Kunst noch keinen würdigen Ausdruck findet, wie eine Schlingpflanze um das wirkliche Leben wuchert. Der König aber war größer als seine Philosophie. In der Tat verlor er gar nicht seinen Mut, die zähe, trotzige Kraft des Germanen, und nicht die stille Hoffnung, welche der Mensch bei jeder starken Arbeit bedarf.

Und er hielt aus. Die Kraft seiner Feinde wurde geringer, auch ihre Feldherren nutzten sich ab, auch ihre Heere wurden zerschmettert, endlich trat Rußland von der Koalition zurück. Dies und die letzten Siege des Königs gaben den Ausschlag. Er hatte überwunden, er hatte das eroberte Schlesien für Preußen gerettet, sein Volk frohlockte, die treuen Bürger seiner Hauptstadt bereiteten ihm den festlichen Empfang, er aber mied die Freude der Menschen und kehrte allein und still nach Sanssouci zurück. Er wollte den Rest seiner Tage, wie er sagte, im Frieden für sein Volk leben.

Die ersten dreiundzwanzig Jahre seiner Regierung hatte er gerungen und gekriegt, seine Kraft gegen die Welt durchzusetzen; noch dreiundzwanzig Jahre sollte er friedlich über sein Volk herrschen als ein weiser und strenger Hausvater. Die Ideen, nach denen er den Staat leitete, mit größter Selbstverleugnung, aber selbstwillig, das Größte erstrebend und auch das Kleinste beherrschend, sind zum Teil durch höhere Bildungen der Gegenwart überwunden worden; sie entsprachen der Einsicht, welche seine Jugend und die Erfahrungen des ersten Mannesalters ihm gegeben hatten. Frei sollte der Geist sein, jeder denken, was er wollte, aber tun, was seine Bürgerpflicht war. Wie er selbst sein Behagen und seine Ausgaben dem Wohl des Staates unterordnete, mit etwa 200 000 Talern den ganzen königlichen Haushalt bestritt, zuerst an den Vorteil des Volkes und zuletzt an sich dachte, so sollten alle seine Untertanen bereitwillig das tragen, was er ihnen an Pflicht und Last auflegte. Jeder sollte in dem Kreise bleiben, in den ihn Geburt und Erziehung gesetzt, der Edelmann sollte Gutsherr und Offizier sein, dem Bürger gehörte die Stadt, Handel, Industrie, Lehre und Erfindung, dem Bauer der Acker und die Dienste. Aber in seinem Stande sollte jeder gedeihen und sich wohl fühlen. Gleiches, strenges, schnelles Recht für jeden, keine Begünstigung des Vornehmen und Reichen, in zweifelhaftem Falle lieber des kleinen Mannes. Die Zahl der tätigen Menschen vermehren, jede Tätigkeit so lohnend als möglich machen und so hoch als möglich steigern, so wenig als möglich vom Ausland kaufen, alles selbst produzieren, den Überschuß über die Grenzen fahren, das war der Hauptgrundsatz seiner Staatswirtschaft. Unablässig war er bemüht, die Morgenzahl des Ackerbodens zu vergrößern, neue Stellen für Ansiedler zu schaffen. Sümpfe wurden ausgetrocknet, Seen abgezapft, Deiche aufgeworfen; Kanäle wurden gegraben, Vorschüsse bei Anlagen neuer Fabriken gemacht, Städte und Dörfer auf Antrieb und mit Geldmitteln der Regierung massiver und gesünder wieder aufgebaut; das landwirtschaftliche Kreditsystem, die Feuersozietät, die königliche Bank wurden gegründet, überall wurden Volksschulen gestiftet, unterrichtete Leute angezogen, überall Bildung und Ordnung des regierenden Beamtenstandes durch Prüfungen und strenge Kontrolle gefördert. Es ist Sache des Geschichtschreibers das aufzuzählen und zu rühmen, auch einzelne verfehlte Versuche des Königs hervorzuheben, die bei dem Bestreben, alles selbst zu leiten, nicht ausbleiben konnten.

Für alle seine Länder sorgte der König, nicht zuletzt für sein Schmerzenskind, das neuerworbene Schlesien. Als der König die große Landschaft eroberte, hatte sie wenig mehr als eine Million Einwohner.[10] Lebhaft wurde dort der Gegensatz empfunden, der zwischen der bequemen österreichischen Wirtschaft und dem knappen, rastlosen, alles aufregenden Regiment der Preußen war. In Wien war der Katalog verbotener Bücher größer gewesen als zu Rom, jetzt kamen unaufhörlich die Bücherballen aus Deutschland in

---

[10] Im Jahre 1740: 1 100 000, im Jahre 1756: 1 300 000, 1763 war die Zahl auf 1 150 000 gesunken, 1779 waren 1 500 000. Man nahm damals an, daß das Land noch 2-300 000 Menschen mehr erhalten könne, – es zählt jetzt über 3 000 000.

die Provinz gewandert, das Lesen und Kaufen war zum Verwundern frei, sogar die gedruckten Angriffe auf den eigenen Landesherr. In Österreich war es Privilegium der Vornehmen, ausländisches Tuch zu tragen; als in Preußen der Vater Friedrichs des Großen die Einfuhr von fremdem Tuch verboten hatte, kleidete er zuerst sich und seine Prinzen in Landtuch.

In Wien hatte kein Amt für vornehm gegolten, wenn dazu noch etwas anderes als Repräsentation erfordert wurde, alle Arbeit war Sache der Subalternen, der Kammerherr galt mehr als der verdiente General und Minister; in Preußen war auch der Vornehmste gering geachtet, wenn er dem Staat nichts nützte, und der König selbst war der allergenaueste Beamte, der über jedes Tausend Taler, das erspart oder verausgabt wurde, sorgte und schalt. Wer in Osterreich vom katholischen Glauben abfiel, wurde mit Konfiskation und Verweisung bestraft, bei den Preußen konnte zu jedem Glauben ab- und zufallen, wer da wollte, das war seine Sache. Bei den Kaiserlichen war die Regierung im ganzen lässig gewesen, wenn sie sich um etwas hatte bekümmern müssen, die preußischen Beamten hatten ihre Nase und ihre Hände überall. Trotz der drei schlesischen Kriege wurde die Provinz weit blühender als zur Kaiserzeit. Einst hatten hundert Jahre nicht ausgereicht, die handgreiflichen Spuren des Dreißigjährigen Krieges zu verwischen, die Leute erinnerten sich wohl, wie überall in den Städten die Schutthaufen aus der Schwedenzeit gelegen hatten, überall neben den gebauten Häusern die wüsten Brandstellen. Viele kleine Städte hatten noch Blockhäuser nach alter slawischer Art mit Stroh- und Schindeldach, seit lange dürftig ausgeflickt. Durch die Preußen waren die Spuren nicht nur alter Verwüstung, auch der neuen des Siebenjährigen Krieges nach wenigen Jahrzehnten getilgt. Friedrich hatte einige hundert neue Dörfer angelegt, hatte fünfzehn ansehnliche Städte zum großen Teil auf königliche Kosten wieder in regelmäßigen Straßen aufmauern lassen, er hatte den Gutsherren den harten Zwang aufgelegt, einige Tausend eingezogene Bauerhöfe wieder aufzubauen und mit erblichen Eigentümern zu besetzen. Zur Kaiserzeit waren die Abgaben weit geringer gewesen, aber sie waren ungleich verteilt und lasteten zumeist auf dem Armen, der Adel war vom größten Teil derselben befreit, die Erhebung war ungeschickt, viel wurde veruntreut und schlecht verwendet, es floß verhältnismäßig wenig in die kaiserlichen Kassen. Die Preußen dagegen hatten das Land in kleine Kreise geteilt, den Wert des gesamten Bodens abgeschätzt, in wenig Jahren fast alle Steuerbefreiung aufgehoben, das flache Land zahlte jetzt seine Grundsteuer, die Städte ihre Akzise. So trug die Provinz die doppelten Lasten mit größerer Leichtigkeit, nur die Privilegierten murrten; und dabei konnte sie noch 40 000 Soldaten unterhalten, wahrend sonst etwa 2000 im Lande gewesen waren. Vor 1740 hatten die Edelleute die großen Herren gespielt, wer katholisch und reich war, lebte in Wien, wer sonst das Geld aufbringen konnte, zog sich nach Breslau; jetzt saß die Mehrzahl der Gutsherren auf ihren Gütern, die Krippenreiterei hatte aufgehört, der Adel wußte, daß es ihm beim König für eine Ehre galt, wenn er für die Kultur des Bodens sorgte, und daß der neue Herr solchen kalte Verachtung zeigte, die nicht Landwirte, Beamte oder Offiziere waren. Früher waren die Prozesse unabsehbar und kostspielig gewesen, ohne Bestechung und Geldopfer kaum durchzusetzen, jetzt fiel auf, daß die Zahl der Advokaten geringer wurde, die Urteile so schnell kamen. Unter den Österreichern freilich war der Karawanenhandel mit dem Osten Europas größer gewesen, die Bukowiner und Ungarn, auch die Polen entfremdeten sich und sahen bereits nach Triest, aber dafür erhoben sich neue Industrien: Wolle und Tuch, und in den Gebirgstälern ein großartiger Leinwandhandel. Viele fanden die neue Zeit unbequem, mancher wurde in der Tat durch ihre Härte gedrückt, wenige wagten zu leugnen, daß es im ganzen weit besser geworden war.

Aber noch etwas anderes fiel dem Schlesier an dem preußischen Wesen auf, und bald gewann dies Auffallende eine stille Herrschaft über seine eigene Seele. Das war ein hingebender spartanischer Geist der Diener des Königs, der bis in die niedern Ämter so häufig zutage kam. Da waren die Akziseeinnehmer, schon vor Einführung des französischen Systems wenig beliebt, invalide Unteroffiziere, alte Soldaten des Königs, die seine Schlachten gewonnen hatten, im Pulverdampfe ergraut waren. Sie saßen jetzt an den Toren und rauchten aus ihrer Holzpfeife, sie erhielten sehr geringen Gehalt, konnten sich gar nichts zugute tun, aber sie waren vom frühen Morgen bis späten Abend zur Stelle, taten ihre Pflichten gewandt, kurz, pünktlich, wie alte Soldaten pflegen. Sie dachten immer an ihren Dienst, er war ihre Ehre, ihr Stolz. Und noch lange erzählten alte Schlesier aus der Zeit des großen Königs ihren Enkeln, wie ihnen auch an andern preußischen Beamten die Pünktlichkeit,

Strenge und Ehrlichkeit aufgefallen war. Da war in jeder Kreisstadt ein Einnehmer der Steuern, er hauste in seiner kleinen Dienststube, die vielleicht zu gleicher Zeit sein Schlafzimmer war, und sammelte in einer großen hölzernen Schüssel die Grundsteuer, welche die Schulzen allmonatlich am bestimmten Tage in seine Stube trugen. Viele tausend Taler wurden auf langer Liste verzeichnet und bis auf den letzten Pfennig in die großen Hauptkassen abgeliefert. Gering war die Besoldung auch eines solchen Mannes, er saß, nahm ein und packte in Beutel, bis sein Haar weiß wurde und die zitternde Hand nicht mehr die Zweigroschenstücke zu werfen vermochte. Und der Stolz seines Lebens war, daß der König auch ihn persönlich kannte und wenn er einmal durch den Ort fuhr, während dem Umspannen schweigend aus seinen großen Augen nach ihm hinsah, oder wenn er sehr gnädig war, ein wenig gegen ihn das Haupt neigte. Mit Achtung und einer gewissen Scheu sah das Volk auch auf diese untergeordneten Diener eines neuen Prinzips. Und nicht die Schlesier allein. Es war damit überhaupt etwas Neues in die Welt gekommen. Nicht aus Laune nannte Friedrich II. sich den ersten Diener seines Staates. Wie er auf den Schlachtfeldern seinen wilden Adel gelehrt hatte, daß es höchste Ehre sei, für das Vaterland zu sterben, so drückte sein unermüdliches pflichtgetreues Sorgen auch dem kleinsten seiner Diener in entlegenem Grenzort die große Idee in die Seele, daß er zuerst zum Besten seines Königs und des Landes zu leben und zu arbeiten habe.

Als die Provinz Preußen im Siebenjährigen Kriege gezwungen wurde, der Kaiserin Elisabeth zu huldigen, und mehrere Jahre dem russischen Reich einverleibt blieb, da wagten die Beamten der Landschaft dennoch unter der fremden Armee und Regierung insgeheim für ihren König Geld und Getreide zu erheben, große Kunst wurde angewendet, die Transporte durchzubringen. Viele waren im Geheimnis, nicht ein Verräter darunter, verkleidet stahlen sie sich mit Lebensgefahr durch die russischen Heere. Und sie merkten, daß sie geringen Dank ernten würden, denn der König mochte seine Ostpreußen überhaupt nicht leiden, er sprach geringschätzig von ihnen, gönnte ihnen ungern die Gnaden, die er andern Provinzen erwies, sein Antlitz wurde zu Stein, wenn er erfuhr, daß einer seiner jungen Offiziere zwischen Weichsel und Memel geboren sei, und nie betrat er seit dem Kriege ostpreußisches Gebiet. Die Ostpreußen aber ließen sich dadurch in ihrer Verehrung gar nicht stören, sie hingen mit treuer Liebe an dem ungnädigen Herrn, und sein bester und begeisterter Lobredner war Immanuel Kant.

Wohl war es ein ernstes, oft rauhes Leben in des Königs Dienst, unaufhörlich das Schaffen und Entbehren, auch dem Besten war es schwer, dem strengen Herrn genug zu tun, auch der größten Hingebung wurde ein kurzer Dank; war eine Kraft abgenutzt, wurde sie vielleicht kalt beiseite geworfen; ohne Ende war die Arbeit, überall Neues, Angefangenes, Gerüste an unfertigem Baue. Wer in das Land kam, dem erschien das Leben gar nicht anmutig, es war so herb, einförmig, rauh, wenig Schönheit und sorglose Heiterkeit zu finden. Und wie der frauenlose Haushalt des Königs, die schweigsamen Diener, die unterwürfigen Vertrauten unter den Bäumen eines stillen Gartens dem fremden Gast den Eindruck eines Klosters machten, so fand er in dem ganzen preußischen Wesen etwas von der Entsagung und dem Gehorsam einer großen emsigen Ordensbrüderschaft.

Denn auch auf das Volk selbst war etwas von diesem Geiste übergegangen. Wir aber verehren darin ein unsterbliches Verdienst Friedrichs II., noch jetzt ist dieser Geist der Selbstverleugnung das Geheimnis der Größe des preußischen Staats, die letzte und beste Bürgschaft für seine Dauer. Die kunstvolle Maschine, welche der große König mit soviel Geist und Tatkraft eingerichtet hatte, sollte nicht ewig bestehen, schon zwanzig Jahre nach seinem Tode zerbrach sie; aber daß der Staat nicht zugleich mit ihr unterging, daß Intelligenz und Patriotismus der Bürger selbst imstande waren, unter seinen Nachfolgern auf neuen Grundlagen ein neues Leben zu schaffen, das ist das Geheimnis von Friedrichs Größe.

Neun Jahre nach dem Schluß des letzten Krieges, der um die Behauptung Schlesiens geführt wurde, vergrößerte Friedrich seinen Staat durch einen neuen Erwerb, an Meilenzahl nicht viel geringer, leer an Menschen, durch die polnischen Landesteile, welche seitdem in ihrer Hauptmasse unter dem Namen Westpreußen deutsches Land geworden sind.

Waren schon die Ansprüche des Königs auf Schlesien zweifelhaft gewesen, so bedurfte es jetzt des ganzen Scharfsinns seiner Beamten, einige unsichere Rechte auf Teile des neuen Erwerbs auszuschmücken. Der König selbst frug wenig danach. Er hatte mit fast übermenschlichem Heldenmut die Besetzung Schlesiens vor der Welt verteidigt, durch Ströme von Blut war die Provinz an Preußen gekittet. Hier tat die Klugheit des Politikers fast allein das Werk. Und lange fehlte in der Meinung der Menschen dem Eroberer die Berechtigung, welche, wie es scheint, die Greuel des Krieges, und das Glück des Schlachtfeldes verleihen. Aber dieser letzte Landgewinn des Königs, dem Kanonendonner und Siegesfanfare so sehr fehlten, war doch von allen großen Geschenken, welche das deutsche Volk Friedrich II. verdankt, das größte und segensreichste.

Mehrere hundert Jahre hindurch waren die vielgeteilten Deutschen durch eroberungslustige Nachbarn eingeengt und geschädigt worden, der große König war der erste Eroberer, welcher wieder die deutschen Grenzen weiter nach Osten hinausschob. Hundert Jahre nachdem sein großer Ahnherr die Rheinfestungen gegen Ludwig XIV. vergebens verteidigt hatte, gab er den Deutschen wieder die nachdrückliche Mahnung, daß sie die Aufgabe haben, Gesetz, Bildung, Freiheit, Kultur und Industrie in den Osten Europas hineinzutragen. Sein ganzes Land, einige altsächsische Territorien ausgenommen, war in ältester Zeit deutsch, darauf slawisch gewesen, dann wieder den Slawen durch Gewalt und Kolonisation abgerungen; seit der Völkerwanderung des Mittelalters hatte der Kampf um die weiten Ebenen im Osten der Oder nicht aufgehört, seit dem Erwerb der Mark Brandenburg hatten die Hohenzollern nie vergessen, daß sie Verwalter der deutschen Grenze waren. Sooft die Waffen ruhten, stritten die Politiker. Kurfürst Friedrich Wilhelm hatte das Ordensland Preußen von der polnischen Lehenshoheit befreit, Friedrich I. hatte auf diese isolierte Kolonie entschlossen die Königskrone gesetzt. Aber der Besitz Ostpreußens blieb unsicher, nicht die verfaulte Republik Polen drohte Gefahr, wohl aber die aufsteigende Größe Rußlands. Friedrich hatte die Russen als Feinde achten gelernt, er kannte die hochfliegenden Pläne der Kaiserin Katharina. Da griff der kluge Fürst im rechten Augenblick zu. Das neue Gebiet: Pommerellen, die Woiwodschaft Kulm und Marienburg, das Bistum Ermland, die Stadt Elbing, ein Teil von Kujavien, ein Teil von Posen, verband Ostpreußen mit Pommern und der Mark. Es war von je ein Grenzland gewesen, seit der Urzeit hatten sich Völker von verschiedenem Stamm an den Küsten der Ostsee gedrängt: Deutsche, Slawen, Litauer, Finnen. Seit dem 13. Jahrhundert waren die Deutschen als Städtegründer und Ackerbauer in dies Weichselland gedrungen: Ordensritter, Kaufleute, fromme Mönche, deutsche Edelleute und Bauern. Zu beiden Seiten des Weichselstromes erhoben sich Türme und Grenzsteine der deutschen Kolonien. Vor allen ragte das prächtige Danzig, das Venedig der Ostsee, der große Seemarkt der Slawenländer, mit seiner reichen Marienkirche und den Palästen seiner Kaufherren, dahinter am andern Arm der Weichsel sein bescheidener Rival Elbing, weiter aufwärts die stattlichen Türme und weiten Laubgänge Marienburgs, dabei das große Fürstenschloß der deutschen Ritter, das schönste Bauwerk im deutschen Norden, und in dem Weichseltal auf üppigem Niederungsboden die alten blühenden Kolonistengüter, eine der gesegnetsten Landschaften der Welt, durch mächtige Dämme aus der Ordenszeit gegen die Verwüstungen des Slawenstromes geschützt. Noch weiter aufwärts Marienwerder, Graudenz, Kulm, und an den Niederungen der Netze Bromberg, Mittelpunkt der deutschen Grenzkolonien unter polnischem Volk. Kleinere deutsche Städte und Dorfgemeinden waren durch das ganze Territorium zerstreut, eifrig hatten auch die reichen Zisterzienserklöster Oliva und Pelplin kolonisiert.

Die tyrannische Härte des deutschen Ordens trieb die deutschen Städte und Grundherren Westpreußens im 15. Jahrhundert zum Anschluß an Polen. Die Reformation des 16. Jahrhunderts unterwarf sich nicht nur die Seelen der deutschen Kolonisten, auch in der großen Republik Polen waren drei Vierteile des Adels protestantisch, in der slawischen Landschaft Pommerellen um 1590 von hundert Kirchspielen etwa siebenzig. Und es schien eine kurze Zeit, als sollte sich in dem slawischen Osten eine neue Volkskraft und neue Kultur entwickeln, ein großer polnischer Staat mit deutscher Städtekraft. Aber die Einführung der Jesuiten brachte eine unheilvolle Umwandlung. Der polnische Adel fiel zur katholischen Kirche zurück, in den Jesuitenschulen wurden seine Söhne zu bekehrungslustigen Fanatikern gezogen; von da an verfiel der polnische Staat, immer trostloser wurden die Zustände.

Nicht gleich war die Haltung der Deutschen in Westpreußen gegenüber bekehrenden Jesuiten und slawischer Tyrannei. Ein großer Teil des eingewanderten deutschen Adels wurde katholisch und polnisch, die Bürger und Bauern blieben in der Mehrzahl hartnäckig Protestanten. Zu dem Gegensatz der Sprache kam jetzt auch der

Gegensatz der Konfessionen, zu dem Stammhaß die Glaubenswut.
Grade in dem Jahrhundert der Aufklärung wurde in diesen Landschaften die Verfolgung der Deutschen fanatisch, eine protestanti-
sche Kirche nach der andern wurde eingezogen, niedergerissen, die
hölzernen angezündet; war eine Kirche verbrannt, so hatten die
Dörfer das Glockenrecht verloren, deutsche Prediger und Schulleh-
rer wurden verjagt und schändlich mißhandelt.» *Vexa Lutheranum
dabit thalerum*« wurde das gewöhnliche Sprichwort der Polen gegen
die Deutschen. Einer der größten Grundherren des Landes, ein
Unruh aus dem Hause Birnbaum, Starost von Gnesen, wurde zum
Tode mit Zungenausreißen und Handabhauen verurteilt, weil er
aus deutschen Büchern beißende Bemerkungen gegen die Jesuiten
in ein Notizbuch geschrieben hatte. Es gab kein Recht, es gab keinen
Schutz mehr. Die nationale Partei des polnischen Adels verfolgte im
Bunde mit den Pfaffen am leidenschaftlichsten die, welche sie als
Deutsche und Protestanten haßte. Zu den Patrioten oder Konföde-
rierten lief alles raublustige Gesindel; sie warben Haufen, zogen
plündernd im Lande umher, überfielen kleinere Städte und deutsche Dörfer, nicht nur aus Glaubenseifer, noch mehr aus Habsucht.
Der polnische Edelmann Roskowski zog einen roten und einen
schwarzen Stiefel an, der eine sollte Feuer, der andere Tod bedeu-
ten; so ritt er brandschatzend von einem Ort zum andern, ließ endlich in Jastrow dem evangelischen Prediger Willich Hände, Füße
und zuletzt den Kopf abhauen und die Glieder in einen Morast
werfen. Das geschah 1768.

So sah es in dem Lande kurz vor der preußischen Besitznahme
aus. Es waren Zustände, wie sie jetzt etwa noch in Bosnien möglich,
in dem elendesten Winkel des christlichen Europas unerhört wären.

Schon als Knabe von zwölf Jahren war Friedlich der Große im
Königsschloß zu Berlin durch den Zorn und die Trauer seines Vaters daran erinnert worden, daß die Könige von Preußen gegen die
deutschen Kolonien an der Weichsel eine Pflicht des Schutzes zu
erfüllen hatten. Denn im Jahre 1724 war von dort aus ein lauter
Schrei nach Hilfe durch Deutschland gedrungen und die blutige
Tragödie von Thorn wurde eine große Angelegenheit des öffentlichen Interesses und der Kabinette. In Thorn hatten bei einer Prozes-
sion, welche von den Jesuiten durch die Stadt geführt wurde, polnische Adlige des Jesuitenkollegiums Bürger und Gymnasiasten in-

sultiert, darauf war das erbitterte Volk in Schule und Kollegium der Jesuiten eingefallen und hatte darin verwüstet. Der unwichtige Straßentumult war vor den polnischen Reichstag gebracht worden und der Reichstag hatte im Assessorialgericht nach einer leidenschaftlichen Rede des Pater Provincial der Jesuiten die beiden Bürgermeister der Stadt und sechzehn Bürger zum Tode verurteilt, worauf die jesuitische Partei sich beeilte, den obersten Bürgermeister Rößner und neun Bürger hinzurichten, zum Teil mit barbarischer Grausamkeit. Den Protestanten wurde die Marienkirche genommen, die Prediger verjagt, das Gymnasium geschlossen. Damals hatte König Friedrich Wilhelm sich vergebens angestrengt, der unglücklichen Stadt zu helfen, er hatte ernste Noten sämtlicher Nachbarmächte veranlaßt, und hatte es als bittern Schmerz und Demütigung empfunden, daß alle seine Vorstellungen unbeachtet blieben; jetzt nach fünfzig Jahren kam sein Sohn, dem wüsten Unfug ein Ende zu machen, und das Land, welches vor der polnischen Herrschaft zum Gebiet des Deutschen Ordens gehört hatte, wieder mit Preußen zu vereinigen.

Zwar Danzig, den Polen unentbehrlich, erhielt sich in den Jahrzehnten der Auflösung und nach der preußischen Okkupation des Weichsellandes in vornehmer Abgeschlossenheit, es blieb ein Freistaat unter slawischem Schutz, lange dem großen König ärgerlich und wenig geneigt. Auch Thorn mußte noch zwanzig Jahre als polnische Grenzstadt von den übrigen deutschen Kolonien getrennt in Bedrängnis ausharren. Aber dem flachen Lande und den meisten deutschen Städten war die energische Hilfe des Königs Rettung vom Untergange. Die preußischen Beamten, welche in das Land geschickt wurden, waren erstaunt über die Trostlosigkeit der unerhörten Verhältnisse, welche wenige Tagereisen von ihrer Hauptstadt bestanden. Nur einige größere Städte, in denen das deutsche Leben durch feste Mauern und den alten Marktverkehr unterhalten wurde, und geschützte Landstriche, welche ausschließlich von Deutschen bewohnt wurden, wie die Niederung bei Danzig, die Dörfer unter der milden Herrschaft der Zisterzienser von Oliva und die wohlhabenden deutschen Ortschaften des katholischen Ermlands, lebten in erträglichen Zuständen. Andere Städte lagen in Trümmern, wie die meisten Höfe des Flachlandes. Bromberg, die deutsche Kolonistenstadt, fanden die Preußen in Schutt und Ruinen; es ist noch heute nicht möglich genau zu ermitteln, wie die Stadt in diesen Zustand gekommen ist,[11] ja die Schicksale, welche der ganze Netzedistrikt in den letzten neun Jahren vor der preußischen Besitznahme erduldet hat, sind völlig unbekannt, kein Geschichtschreiber, keine Urkunde, keine Aufzeichnung gibt Bericht über die Zerstörung und das Gemetzel, welches dort verwüstet haben muß. Offenbar haben die polnischen Faktionen sich untereinander geschlagen, Mißernten und Seuchen mögen das übrige getan haben. Kulm hatte aus alter Zeit seine wohlgefügten Mauern und die stattlichen Kirchen erhalten, aber in den Straßen ragten die Hälse der Hauskeller über das morsche Holz und die Ziegelbrocken der zerfallenen Gebäude hervor, ganze Straßen bestanden nur aus solchen Kellerräumen, in denen elende Bewohner hausten. Von den vierzig Häusern des großen Marktplatzes hatten achtundzwanzig keine Türen, keine Dächer, keine Fenster und keine Eigentümer. In ähnlicher Verfassung waren andere Städte.

Auch die Mehrzahl des Landvolks lebte in Zuständen, welche den Beamten des Königs jämmerlich schienen, zumal an der Grenze Pommerns, wo die wendischen Kassuben saßen. Wer dort einem Dorf nahte, der sah graue Hütten und zerrissene Strohdächer auf kahler Fläche, ohne einen Baum, ohne einen Garten – nur die Sauerkirschbäume waren altheimisch. Die Häuser waren aus hölzernen Sprossen gebaut, mit Lehm ausgeklebt; durch die Haustür trat man in die Stube mit großem Herd ohne Schornstein; Stubenöfen waren unbekannt, selten wurde ein Licht angezündet, nur der Kienspan erhellte das Dunkel der langen Winterabende; das Hauptstück des elenden Hausrats war das Kruzifix, darunter der Napf mit Weihwasser. Das schmutzige und wüste Volk lebte von Brei aus Roggenmehl, oft nur von Kräutern, die sie als Kohl zur Suppe kochten, von Heringen und Branntwein, dem Frauen wie Männer unterlagen. Brot wurde nur von den Reichsten gebacken. Viele hatten in ihrem Leben nie einen solchen Leckerbissen gegessen, in wenig Dörfern stand ein Backofen. Hielten die Leute ja einmal Bienenstöcke, so verkauften sie den Honig an die Städter, außerdem geschnitzte Löffel und gestohlene Rinde; dafür erstanden sie auf den Jahrmärkten den groben blauen Tuchrock, die schwarze Pelzmütze

---

[11] Neue preußische Provinzialblätter, Jahrgang VI. 1854. Nr. 4. S. 259.

und das hellrote Kopftuch für ihre Frauen. Nicht häufig war ein Webestuhl, das Spinnrad kannte man gar nicht. Die Preußen hörten dort kein Volkslied, keinen Tanz, keine Musik, Freuden, denen auch der elendeste Pole nicht entsagt; stumm und schwerfällig trank das Volk den schlechten Branntwein, prügelte sich und taumelte in die Winkel. Auch der Bauernadel unterschied sich kaum von den Bauern, er führte seinen Hakenpflug selbst und klapperte in Holzpantoffeln auf dem ungedielten Fußboden seiner Hütte. Schwer wurde es auch dem Preußenkönig, diesem Volke zu nützen. Nur die Kartoffeln verbreiteten sich schnell, aber noch lange wurden die befohlenen Obstpflanzungen von dem Volke zerstört, und alle anderen Kulturversuche fanden Widerstand.

Ebenso dürftig und verfallen waren die Grenzstriche mit polnischer Bevölkerung, aber der polnische Bauer bewahrte in seiner Armseligkeit und Unordnung wenigstens die größere Regsamkeit seines Stammes. Selbst auf den Gütern der größeren Edelleute, der Starosten und der Krone waren alle Wirtschaftsgebäude verfallen und unbrauchbar. Wer einen Brief befördern wollte, mußte einen besonderen Boten schicken, denn es gab keine Post im Lande; freilich fühlte man in den Dörfern auch nicht das Bedürfnis danach, denn ein großer Teil der Edelleute konnte so wenig lesen und schreiben wie die Bauern. Wer erkrankte, fand keine Hilfe als die Geheimmittel einer alten Dorffrau, denn es gab im ganzen Lande keine Apotheken. Wer einen Rock bedurfte, tat wohl, selbst die Nadel in die Hand zu nehmen, denn auf viele Meilen weit war kein Schneider zu finden, wenn er nicht abenteuernd durch das Land zog.[12] Wer ein Haus bauen wollte, der mochte zusehen, wo er von Westen her Handwerker gewann. Noch lebte das Landvolk in ohnmächtigem Kampf mit den Herden der Wölfe, wenig Dörfer, welchen nicht in jedem Winter Menschen und Tiere dezimiert wurden«.[13] Brachen die Pocken aus, kam eine ansteckende Krankheit ins Land, dann sahen die Leute die weiße Gestalt der Pest durch die

---

[12] von Held, Gepriesenes Preußen. S. 41. – Roscius, Westpreußen. S. 21.

[13] Als 1815 die gegenwärtige Provinz Posen an Preußen zurück fiel, waren auch dort die Wölfe eine Landplage, Nach Angaben der Posener Provinzialblätter wurden im Regierungsbezirk Posen vom 1. Sept. 1815 bis Ende Februar 1816 41 Wölfe erlegt, noch im Jahre 1819 im Kreise Wongrowitz 16 Kinder und 3 Erwachsene von Wölfen gefressen.

Luft fliegen und sich auf ihren Hütten niederlassen; sie wußten, was solche Erscheinung bedeutete, es war Verödung ihrer Hütten, Untergang ganzer Gemeinden, in dumpfer Ergebenheit erwarten sie dies Geschick. – Es gab kaum eine Rechtspflege im Lande, nur die größeren Städte bewahrten unkräftige Gerichte; der Edelmann, der Starost verfügten mit schrankenloser Willkür ihre Strafen, sie schlugen und warfen in scheußlichen Kerker nicht nur den Bauer, auch den Bürger der Landstädte, der unter ihnen saß oder in ihre Hände fiel. In den Händeln, die sie untereinander hatten, kämpften sie durch Bestechung bei den wenigen Gerichtshöfen, die über sie urteilen durften; in den letzten Jahren hatte auch das fast aufgehört, sie suchten ihre Rache auf eigene Faust durch Überfall und blutige Hiebe.

Es war in der Tat ein verlassenes Land, ohne Zucht, ohne Gesetz, ohne Herrn; es war eine Einöde, auf 600 Quadratmeilen wohnten 500 000 Menschen, nicht 850 auf der Meile. Und wie eine herrenlose Prärie behandelte auch der Preußenkönig seinen Erwerb, fast nach Belieben setzte er sich die Grenzsteine und rückte sie wieder einige Meilen hinaus. Bis zur Gegenwart erhielt sich in Ermland, der Landschaft um Heilberg und Braunsberg mit zwölf Städten und hundert Dörfern, die Erinnerung, daß zwei preußische Tamboure mit zwölf Mann das ganze Ermland durch vier Trommelschläge erobert hatten. Und darauf begann der König in seiner großartigen Weise die Kultur des Landes, grade die verrotteten Zustände waren ihm reizvoll, und »Westpreußen« wurde, wie bis dahin Schlesien, fortan sein Lieblingskind, das er mit unendlicher Sorge, wie eine treue Mutter, wusch und bürstete, neu kleidete, zu Schule und Ordnung zwang und immer im Auge behielt. Noch dauerte der diplomatische Streit um den Erwerb, da warf er schon eine Schar seiner besten Beamten in die Wildnis, wieder wurden die Landschaften in kleine Kreise geteilt, die gesamte Bodenfläche in kürzester Zeit abgeschätzt und gleichmäßig besteuert, jeder Kreis mit einem Landrat, einem Gericht, mit Post und Sanitätspolizei versehen. Neue Kirchengemeinden wurden wie durch einen Zauber ins Leben gerufen, eine Kompanie von 187 Schullehrern wurde in das Land geführt, – der würdige Semler hatte einen Teil derselben ausgesucht und eingeübt, – Haufen von deutschen Handwerkern wurden geworben, vom Maschinenbauer bis zum Ziegelstreicher hinab. Überall begann ein Graben, Hämmern, Bauen, die Städte wurden neu mit Menschen besetzt, Straße auf Straße erhob sich aus den Trümmerhaufen, die Starosteien wurden in Krongüter verwandelt, neue Kolonistendörfer ausgesteckt, neue Ackerkulturen befohlen. Im ersten Jahre nach der Besitznahme wurde der große Kanal gegraben, welcher in einem Lauf von drei Meilen die Weichsel durch die Netze mit der Oder und Elbe verbindet, ein Jahr, nachdem der König den Befehl erteilt, sah er selbst beladene Oderkähne von hundertundzwanzig Fuß Länge nach dem Osten zur Weichsel, einfahren. Durch die neue Wasserader wurden weite Strecken Land entsumpft, sofort durch deutsche Kolonisten besetzt. Unablässig trieb der König, er lobte und schalt; wie groß der Eifer seiner Beamten war, sie vermochten selten ihm genug zu tun. Dadurch geschah es, daß in wenig Jahrzehnten das wilde slawische Unkraut, welches dort auch über deutschen Ackerfurchen aufgeschossen war, gebändigt wurde, daß auch die polnischen Landstriche sich an die Ordnung des neuen Lebens gewöhnten, und daß Westpreußen in den Kriegen seit 1806 sich fast ebenso preußisch bewährte, als die alten Provinzen. –

Während der greise König sorgte und schuf, zog ein Jahr nach dem andern über sein sinnendes Haupt; stiller ward es um ihn, leerer und einsamer, kleiner der Kreis von Menschen, denen er sich öffnete. Die Flöte hatte er beiseite gelegt, auch die neue französische Literatur erschien ihm schal und langweilig, zuweilen war ihm, als ob ein neues Leben unter ihm in Deutschland ergrüne, es blieb ihm fremd. Unermüdlich arbeitete er an seinem Heer, an dem Wohlstand seines Volkes, immer weniger galten ihm seine Werkzeuge, immer höher und leidenschaftlicher wurde das Gefühl für die große Pflicht seiner Krone.

Aber wie man sein siebenjähriges Ringen im Kriege übermenschlich nennen darf, so war auch jetzt in seiner Arbeit etwas Ungeheures, was den Zeitgenossen zuweilen überirdisch und zuweilen unmenschlich erschien. Es war groß, aber es war auch furchtbar, daß ihm das Gedeihen des Ganzen in jedem Augenblick das Höchste war und das Behagen des einzelnen so gar nichts. Wenn er den Obersten, dessen Regiment bei der Revue einen ärgerlichen Fehler gemacht hatte, vor der Front mit herbem Scheltwort aus dem Dienst jagte; wenn er in dem Sumpfland der Netze mehr die Stiche der zehntausend Spaten zählte, als die Beschwerden der Arbeiter, welche am Sumpffieber in den Lazaretten lagen, die er ihnen errichtet; wenn er ruhelos mit seinem Fordern auch der schnellsten Tat voraneilte, so verband sich mit der tiefen Ehrfurcht und Hingebung in seinem Volke auch eine Scheu wie vor einem, dem nicht irdisches Leben die Glieder bewegt. Als das Schicksal des Staates erschien er den Preußen, unberechenbar, unerbittlich, allwissend, das Größte wie das Kleinste übersehend. Und wenn sie einander erzählten, daß er auch die Natur hatte bezwingen wollen, und daß seine Orangenbäume doch in den letzten Frösten des Frühlings erfroren waren, dann freuten sie sich in der Stille, daß es für ihren König doch eine Schranke gab, aber noch mehr, daß er sich mit so guter Laune darein gefunden und vor den kalten Tagen des Mai den Hut abgenommen hatte.

Mit rührendem Anteil sammelte das Volk jede Lebensäußerung des Königs, in welcher eine menschliche Empfindung, die sein Bild vertraulich machte, zutage kam. So einsam sein Haus und Garten war, unablässig schwebte die Phantasie seiner Preußen um den geweihten Raum. Wem es einmal glückte, in warmer Mondnacht in die Nähe des Schlosses zu kommen, der fand vielleicht offene Türen, ohne Wache, und er konnte in der Schlafstube den großen König auf seinem Feldbett schlummern sehen. Der Duft der Blüten, das Nachtlied der Vögel, das stille Mondlicht waren die einzigen Wächter und fast der ganze Hofstaat des einsamen Mannes.

Noch vierzehnmal seit der Erwerbung von Westpreußen blühten die Orangen von Sanssouci, da wurde die Natur Meisterin auch des großen Königs. Er starb allein, nur von seinen Dienern umgeben.

Mit ehrgeizigem Sinn war er in der Blüte des Lebens ausgezogen, alle hohen und prächtigen Kränze des Lebens hatte er dem Schicksal abgerungen, der Fürst von Dichtern und Philosophen, der Geschichtschreiber, der Feldherr. Kein Triumph, den er sich erkämpft, hatte ihn befriedigt. Zufällig, unsicher, nichtig war ihm aller Erdenruhm geworden; nur das Pflichtgefühl, das unablässig wirkende, eiserne, war ihm geblieben. Aus dem gefährlichen Wechsel von warmer Begeisterung und nüchterner Schärfe war seine Seele herausgewachsen. Mit Willkür hatte er sich poetisch einzelne Menschen verklärt, die Menge, die ihn umgab, verachtet. Aber in den

Kämpfen seines Lebens verlor er den Egoismus, verlor er fast alles, was ihm persönlich lieb war, und er endigte damit, die einzelnen gering zu achten, während sich ihm das Bedürfnis, für das Ganze zu leben, immer stärker erhob. Mit der feinsten Selbstsucht hatte er das Größte für sich begehrt und selbstlos gab er zuletzt sich selbst für das gemeine Wohl und das Glück der Kleinen. Als ein Idealist war er in das Leben getreten, auch durch die furchtbarsten Erfahrungen wurden ihm seine Ideale nicht zerrissen, sondern veredelt, gehoben, geläutert; viele Menschen hatte er seinem Staat zum Opfer gebracht, niemanden so sehr als sich selbst.

Ungewöhnlich und groß erschien das seinen Zeitgenossen, größer uns, die wir die Spuren seiner Wirksamkeit in dem Charakter unseres Volkes, unserem Staatsleben, unserer Kunst und Literatur bis zur Gegenwart verfolgen.

Die Erhebung

Der größte Segen, welchen die Reformatoren der Erde nachkommenden Geschlechtern hinterlassen, liegt selten auf dem, was sie selbst für die Frucht ihres Erdenlebens halten, nicht auf den Lehrsätzen, um die sie kämpfen, leiden und siegen, von ihren Zeitgenossen gesegnet und verflucht werden. Nicht ihr System ist das Bleibende, sondern die zahllosen Quellen eines neuen Lebens, welche unter ihrer Arbeit fröhlich aus der Tiefe der Volksseele ans Licht treten. Das neue System, welches Luther der alten Kirche entgegengestellt hatte, verlor wenige Jahre, nachdem er sein Haupt zur Ruhe gelegt hatte, einen Teil seiner bildenden Kraft. Aber was er während seinem großen Kampfe mit der Hierarchie getan hatte, seinem Volke die Selbsttätigkeit des Geistes zu steigern, das Pflichtgefühl zu vermehren, die Sittlichkeit zu erhöhen, Zucht und Bildung zu gründen, dieser Abdruck seiner Seele in jedem Gebiete des idealen Lebens blieb in den schweren Kämpfen der folgenden Jahrhunderte ein unzerstörbarer Gewinn, aus welchem zuletzt eine Fülle neuen Lebens erwuchs. Auch das System Friedrichs des Großen wurde wenige Jahrzehnte nach seinem Tode durch fremde Sieger als eine unvollkommene menschliche Erfindung widerlegt. Aber das beste Resultat seines Lebens blieb wieder ein unvertilgbarer Erwerb für Preußen und Deutschland. Er hatte in Tausenden seiner Beamten und Krieger Eifer und Pflichttreue, in Millionen seiner Untertanen Pietät gegen sein Haus lebendig gemacht, er hatte als ein weiser Haushalter überall die Saat des geistigen und materiellen Gedeihens ausgestreut. Das war das Bleibende seines Staats, der vortrefflich bearbeitete Boden, auf welchem das neue Leben aufblühte. Als sein Heer zerschlagen, das Land von Fremden überschwemmt war, als die bittere Not zwang, das Leben zu suchen, wo es zu finden war, da begann, noch während die feindlichen Gewalten zerstörten, die frische Kraft der Nation ihre Arbeit. Sogar was in der Erscheinung am widerwärtigsten war, die Schnelle und Haltlosigkeit, mit welcher das Alte zusammenstürzte, wurde ein Glück, denn es beseitigte plötzlich zwar nicht alle Träger des alten Systems, aber doch die größte Gefahr ihres Widerstandes. Grade jetzt wurde deutlich, wie tüchtig das Material war, das sich in Preußen vorfand: Beamte und Offiziere, vor allen das Volk selbst. Unerhört wie der Fall, ebenso unerhört war die Erhebung.

Untätig, betäubt sieht das Volk den Bruch seines Staates, es ist gewöhnt, nur von oben herab seine Impulse zu empfangen. In der chaotischen Verwirrung, welche jetzt folgt, scheint nirgend eine Rettung, der Schwache verflucht die schlechte Regierung, schadenfroh sieht der Seichte die Niederlage der geistlosen und anmaßenden Privilegierten, der Schwächste folgt den Sternen des Siegers. Männer von warmem Gefühl, wie Steffens, schließen sich ein und dichten eine traurige Ode auf den Fall des Vaterlandes, klügere untersuchen griesgrämig die Schäden des alten Systems und verurteilen bitter das Gute mit dem Schlechten.

Größer wird die Not, es ist die Absicht des Kaisers, auch dem Teil von Preußen, dem er ein Scheinleben lassen will, alle Adern zu öffnen, damit es sich verblute. Unerschwinglich sind die Kontributionen, die französische Armee wird über das Land verteilt, sie bezieht in Schlesien und den Marken Kantonierungsquartiere, Offiziere und Soldaten werden dem Bürger in die Häuser gelegt, sie sollen gefüttert und vergnügt werden. Auf Kosten der Kreise müssen gemeinschaftliche Tafeln eingerichtet und Bälle gegeben werden. Der Soldat soll sich für die Strapazen des Krieges entschädigen. Wir sind die Sieger, rufen übermütig die Offiziere. Kein Recht gibt es gegen ihre Brutalität und die Frechheit, womit sie den Frieden der Familien stören, in denen sie jetzt wie Herren regieren. Daß sie gegen die Frauen des Hauses artig sind, macht ihnen die Männer nicht geneigter. Noch ärger treiben es die Generäle und Marschälle. Prinz Hieronymus hat sein Hauptquartier in Breslau und hält dort seinen üppigen Fürstenhof; noch jetzt erzählt dort das Volk, wie ausschweifend er gelebt und wie er sich täglich in einem Faß Wein gebadet. In Berlin spannt der Generalintendant Daru seine Forderungen mit jedem Monat höher. Auch die demütigenden Bestimmungen des Friedens sind noch zu gut für Preußen, höhnend verändern die Tyrannen seine Paragraphen. Sie geben die Festungen nicht zurück, wie sie gelobt haben, sie steigern die Millionen der Kriegskosten mit raffinierter Grausamkeit ins Ungeheure. Mehr als 300 Millionen haben sie seit sechs Jahren aus dem Lande gezogen, das noch den Namen Preußen führen durfte.

Auch über Handel und Verkehr legt sich vernichtend das neue System. Durch die Kontinentalsperre wird Einfuhr und Ausfuhr fast aufgehoben. Die Fabriken stehen still, der Umlauf des Geldes stockt, die Zahl der Bankerotte wird übergroß, auch die Bedürfnisse des täglichen Lebens werden unerschwinglich; die Menge der Armen wächst zum Erschrecken, kaum vermögen die großen Städte die Scharen der Hungernden, welche die Straßen durchziehen, zu bändigen. Auch der Wohlhabende zieht seine Bedürfnisse ins Kleine. Er beginnt die freiwillige Zucht des eigenen Lebens, indem er kleinen Genüssen, an die er gewöhnt war, entsagt. Auch er trinkt statt des Kaffees geröstete Eicheln, Schwarzbrot, Roggen; größere Gesellschaften vereinigen sich, keinen Zucker mehr zu gebrauchen; die Hausfrauen sieden nicht mehr Früchte ein. Wie Ludwig von Vincke, der damals als Gutsbesitzer im neuen Großherzogtum Berg saß, hartnäckig den Huflattich statt Tabak rauchte und seinen Wein aus Johannisbeeren keltert, so verzichten auch andere auf die Bedürfnisse, welche der fremde Tyrann mit seinem Monopol belegt hat.

Und die Wissenschaft beginnt ihr großes Werk, die entweihten Hallen des Staates wieder für den Dienst guter Götter zu segnen, sie entsühnt, reinigt, erhebt die Seelen. Während die französische Trommel durch die Straßen Berlins wirbelt und die Spione der Fremden um die Häuser lungern, hält Fichte seine Reden an die deutsche Nation: ein neues kräftiges Geschlecht müsse erzogen werden, den Nationalcharakter zu bessern, die verlorene Freiheit wieder zu erobern.

Und aus dem äußersten Osten des Staates, wo jetzt die größte Kraft des preußischen Beamtentums an der Spitze der Geschäfte steht, beginnt eine neue Organisation des Volkes. Die Untertänigkeit wird aufgehoben, das Grundeigentum frei gemacht, die Städte erhalten Selbstregiment. Der alte Gegensatz der Stände wird gebrochen, die Privilegien abgeschafft. Auch im Heer bereitet Oberst Scharnhorst die Neubildung vor. Jetzt darf sich frei regen, was von Lebenskraft im Volke ist. Schon im Jahre 1808 steht der Preuße nicht mehr mutlos, schon hebt er erwartungsvoll das Haupt und sieht um sich nach Helfern. Die ersten politischen Gesellschaften bilden sich. Tugendbund, Bildungsverein, wissenschaftliche Kränzchen, Offizierklub, sie alle haben denselben Zweck, ihr Vaterland von fremder Herrschaft zu befreien, das Volk heranzubilden zu einem nahen Kampfe. Noch ist Ungeschick, maßloser Eifer, auch Spielerei dabei, aber sie verbinden doch eine große Anzahl patriotischer Männer. Emsig laufen die Boten mit Geheimschriften, schwer wird es den ungeübten Verbündeten, die Späher des Feindes zu täuschen. Auch finstere Rachepläne werden in manchem Vereine beraten und Verzweifelte hoffen durch eine große Untat das Vaterland zu retten.

Höher steigt die Hoffnung im nächsten Jahre; in Spanien hat der Krieg begonnen, Österreich rüstet zu dem heldenmütigsten Kampf, den es je unternommen. Auch in Preußen ist der Boden unter den Fremden unterwühlt, alles ist zum Aufstande vorbereitet, der Polizeipräsident von Berlin, Justus Gruner, ist einer der tätigsten Leiter der Bewegung. Aber es gelingt nicht, Preußen mit Österreich zu verbinden, in einzelnen hoffnungslosen Versuchen verpufft die erste große Erregung des Volkes. Schill, Dürnberg, der Herzog von Braunschweig, der Aufstand in Schlesien zerschellen. Die Schlacht bei Wagram nimmt die letzte Hoffnung auf Österreichs Hilfe.

Vielen sinkt der Mut, nicht den Besten. Unablässig üben sich die Vaterlandsfreunde im Gebrauch der Schußwaffe, auch das preußische Heer, das nicht mehr als 42 000 Mann betragen soll, wird im geheimen auf mehr als die doppelte Zahl gebracht, in allen Militärwerkstätten sitzen die Soldaten aus dem Handwerkerstande und arbeiten an der Ausrüstung für einen künftigen Krieg. Und zum zweitenmal erhebt sich die Hoffnung des Volkes, Napoleon rüstet zum Kriege gegen Rußland. Wieder ist die Zeit gekommen, wo ein Kampf möglich wird, schon darf Hardenberg dem französischen Gesandten St. Marsan sagen, daß Preußen sich nicht ohne Todeskampf zerstören lasse, und mit hunderttausend Kriegern einem feindlichen Anlauf entgegentreten werde. Aber der König vermag nicht den Entschluß eines verzweifelten Widerstandes zu fassen, er gibt die Hälfte des stehenden Heeres als Verbündeter zu der Großen Armee. Da verlassen sogar patriotische Offiziere seinen Dienst und eilen nach Rußland, dort gegen Napoleon zu kämpfen. Und wieder wird in Preußen die Hoffnung klein, in unabsehbare Ferne scheint die Befreiung gerückt.

Überall im nördlichen Deutschland brennt der Haß gegen den fremden Kaiser. Auch im Westen der Elbe, wo seine unaufhörlichen

Kriege die männliche Jugend auf die Schlachtbank führen. Die Konskription wird dort als Todeslos betrachtet. Die Kosten eines Stellvertreters sind auf zweitausend Taler gestiegen. Auf allen Straßen sind die Trauerkleider zu sehen, welche Eltern um die verlorenen Söhne tragen. Aber am gewaltigsten ist der Haß der Preußen; in jedem Lebensberuf, in jedem Hause ruft er unablässig zum Kampfe. Alles, was in dem Deutschen hold und herzlich ist, Sprache, Poesie, Wissenschaft, die Sitte des Hauses, arbeitet dort in der Stille gegen Napoleon und sein fremdes Wesen. Alles Schlechte, Verdorbene, Frevelhafte, alle Hinterlist und Grausamkeit, Verleumdung, Tücke und brutale Gewalt wird gallisch und korsisch gescholten. Wie der wunderliche Jahn nennen den Kaiser auch andere Eifrige nicht mehr beim Namen, er wird »Er« genannt, wie einst der Teufel, oder mit verächtlichem Ausdruck Bonaparte. So werden die Charaktere in Preußen durch sechs Jahre gehärtet.

Es war nicht mehr ein großer Staat, welcher im Frühjahr 1813 zu seinem Kampf um Leben und Tod rüstete. Was von Preußen noch übrig war, umfaßte nur 4 700 000 Menschen. Dieses kleine Volk hat im ersten Feldzug ein Heer von 247 000 Mann ins Feld gestellt, von je neunzehn Menschen, Frauen, Kinder, Greise mitgerechnet, je einen. Was das bedeutet, wird klar, wenn man berechnet, daß eine gleiche Anstrengung des gegenwärtigen Deutschen Reiches von 40 Millionen Einwohnern die ungeheure Zahl von reichlich 2 000 000 Soldaten zur Feldarmee geben würde.[14] Und diese Summe drückt

---

[14] Bei der Summe von 247 000 Kriegern sind die Freikorps abgezogen, weil sie meist aus Nichtpreußen bestanden. Die Berechnung Beitzkes, deren Ziffer hier festgehalten wurde, weil sie die niedrigste ist, rechnet allerdings auch die Landwehrbataillone und Eskadronen, welche im Lauf des Feldzugs aus dem Terrain jenseit der Elbe formiert wurden, es sind daher etwa 20 000 Mann von seiner Summe abzusetzen. Aber da seine Rechnung nur die Stärke des ausrückenden Heeres begreift, nicht aber die Ergänzungen, welche bis zur Schlacht bei Leipzig fast ganz aus dem alten Terrain Preußens aufgebracht wurden, so ist doch die Ziffer eher zu niedrig als zu hoch gegriffen. – Im Jahre 1815 war das Verhältnis der Krieger zur Bevölkerung noch auffallender. Damals hatte Ostpreußen sieben Prozent seiner Einwohner, jeden siebenten Menschen männlichen Geschlechts in den Krieg gesandt, es waren fast nur Kinder und ältere Leute im Lande, sehr wenig Männer von 18–40 Jahren.

Die Ziffer der Bevölkerung ist nach der letzten amtlichen Zählung von 1810 gerechnet. Preußen hatte nach dem Frieden von Tilsit noch Neuschlesien an

nur das Verhältnis der Menschenzahl, nicht des damaligen und gegenwärtigen Wohlstandes aus.

Denn es war auch ein sehr armes Volk, welches in den Krieg zog. Kaufleute, Fabrikanten, Handwerker kämpften seit sechs Jahren fruchtlos gegen die eiserne Zeit; dem Landwirt war mehr als einmal sein Getreideboden geleert, seine besten Pferde aus dem Stall geführt worden, das verschlechterte Geld, welches im Lande umrollte, störte den Binnenverkehr mit den nächsten Nachbarn, die ersparten Taler aus besserer Zeit waren längst ausgegeben. In den Tälern des Gebirgs hungerte das Volk, auf der Marschlinie der Großen Armee war drückender Mangel an notwendigen Lebensmitteln, Gespanne und Saatkorn hatten schon seit 1807 dem Landmann gefehlt, im Jahr 1812 trat dieselbe Not ein.

Es ist wahr, heißer Schmerz über den Sturz Preußens, tiefer Haß gegen den Kaiser Frankreichs arbeiteten in dem Volk. Aber großes Unrecht würde den Preußen tun, wer ihre Erhebung vorzugsweise aus der finstern Gewalt des Ingrimms herleiten wollte. Mehr als einmal in alter und neuer Zeit hat eine Stadt, auch ein kleines Volk in Verzweiflung seinen Todeskampf bis zum äußersten durchgekämpft, mehr als einmal setzt uns der wilde Heldenmut in Erstaunen, welcher den freiwilligen Tod durch die Flammen des eigenen Hauses oder durch die Geschosse der Feinde der Ergebung vorzieht. Aber solche hohe Steigerung des Widerstandes ist sonst nicht frei von einem düstern Fanatismus, der die Seelen bis zur Raserei entflammt. Davon ist in Preußen kaum eine Spur. Im Gegenteil, durch das ganze Volk geht ein Zug von herzlicher Wärme, ja von einer stillen Heiterkeit, die uns unter all dem Großen der Zeit am meisten rührt. Es ist gläubiges Vertrauen zur eigenen Kraft, Zuversicht zu der guten Sache, überall eine unschuldige, jugendliche Frische des Gefühls.

Beispiellos ist diese Stimmung, schwerlich, solange es Geschichte gibt, hat ein zivilisiertes Volk das Größte in so reiner Begeisterung

---

Polen abgeben müssen, dadurch und in der elenden Zeit seit 1806 mehr als 300 000 Menschen verloren. Es ist deshalb auch bis Frühjahr 1813 keine Zunahme der Bevölkerung anzunehmen. Außerdem waren die Hauptfestungen in französischen Händen, und ihre Einwohnerzahl ist bei einer Abschätzung der Leistungen des Volkes noch abzurechnen.

geleistet. Für den Deutschen aber hat dieses Moment im Leben seiner Nation eine besondere Bedeutung. Seit vielen hundert Jahren geschah es zum erstenmal, daß die politische Begeisterung im Volke zu hellen Flammen aufschlug. Durch Jahrhunderte hatte der einzelne in Deutschland unter der Herrschaft des fürstlichen Staates gestanden, oft ohne Liebe, Freude und Ehre, immer ohne tätigen Anteil. Jetzt in der höchsten Not nahm das Volk sein altes unveräußerliches Recht wieder in Anspruch. Seine ganze Kraft warf es freiwillig und freudig in einen tödlichen Krieg, um seinen Staat vom Untergange zu retten.

Und noch höhere Bedeutung hat der Kampf für Preußen und sein Königsgeschlecht. Durch hundertfünfzig Jahre hatten die Hohenzollern ihre Untertanen zu einem Volk, unverbundene Landschaften zu einem Staat zusammengeschlossen. Ein großer Fürst, teure Siege, glänzende Erfolge des Hauses hatten dem neuen Volke Liebe zu seinen Fürsten gegeben. Jetzt war die Regierungskunst eines Hohenzollern zu schwach gewesen, das Erbe seiner Väter zu erhalten. Jetzt kam das Volk, das seine Ahnen geschaffen, und gab der letzten Anstrengung, die sein Fürst machen konnte, eine Richtung und eine Größe, welche den König fast wider seinen Willen aus der Niederlage emporriß. Mit seinem Blute zahlte das preußische Volk dem Geschlechte seiner Fürsten für das Große und Gute, das ihm die Hohenzollern getan. Und diese Hingabe, so treu und pflichtvoll, ging aus der sichern Empfindung hervor, daß Leben und die wahren Interessen des Fürstenhauses und des Volkes eins waren. Auch diese Art von Erhebung ist ohne Beispiel in der Geschichte.

Wer aber das Aufglühen der Volkskraft im Jahre 1813 betrachtet, der findet noch einiges Besondere darin, was schon uns, den Söhnen, fremdartig erscheint. Wenn jetzt eine große politische Idee das Volk erfüllt, so vermögen wir genau die Stadien zu bestimmen, welche sie zu durchlaufen hat, bevor sie sich zu einem festen Wollen verdichtet. Die Presse beginnt zu belehren und zu erwärmen, Gleichgesinnte treten in öffentlichen Versammlungen zusammen, der Vortrag des begeisterten Redners übt seine Wirkung. Allmählich vergrößert sich die Zahl der Teilnehmenden, aus dem Streit verschiedener Ansichten, welche in der Öffentlichkeit gegeneinander kämpfen, entwickelt sich die Erkenntnis dessen, was nottut, Einsicht in Wege und Mittel, dann der Wille solche Forderung durchzusetzen, Opferlust, Hingabe. Von dieser allmählichen Steigerung der Volksstimmung durch ein öffentliches Leben ist im Jahre 1813 noch kaum eine Spur. Was auf die Nation von außen wirkt, ist von anderer Art: die Phantasie wird durch einzelne Bilder in Anspruch genommen, die Empfindung durch einzelne große Momente angeregt; im ganzen aber liegt eine Stille auf dem Volke, die man wohl episch nennen darf. Gleichzeitig bricht das Gefühl in Millionen auf, nicht reich an Worten, ohne glänzenden Schein, immer noch still und, wie eine Naturkraft, von unwiderstehlicher Gewalt. Es ist eine Freude, diesen Verlauf in einzelnen Hauptmomenten zu betrachten. Nicht wie er in hervorragenden Personen, sondern wie er im Leben des kleinern Mannes sichtbar wurde, soll hier dargestellt werden.

Es war nach dem Neujahr 1813. Das scheidende Jahr hatte dem neuen einen strengen Winter als Erbschaft zurückgelassen, aber in Haufen standen die Leute auch in einer mäßigen Stadt vor dem Posthause. Glücklich, wer zuerst das Zeitungsblatt nach Hause trug. Kurz und vorsichtig war der Bericht über die Ereignisse dieser Tage, denn in Berlin saß der französische Militärgouverneur und bewachte jede Äußerung der verschüchterten Presse. Dennoch war längst die Kunde von dem Schicksal der Großen Armee bis in die entlegenste Hütte gedrungen, zuerst dunkle Gerüchte von Not und Verlust, dann die Nachricht von einem ungeheuren Brande in Moskau und den himmelhohen Flammen, die rings um den Kaiser aus dem Boden gestiegen waren. Dann von einer Flucht durch Eis und Wüsteneien, von Hunger und unsäglichem Elend. Vorsichtig sprach auch das Volk darüber, denn die Franzosen lagerten nicht nur in der Hauptstadt und den Festungen des Landes, sie hatten ihre Agenten auch in den Provinzen, Späher und verhaßte Angeber, denen der Bürger aus dem Wege ging. Seit den letzten Tagen wußte man, daß der Kaiser selbst von seinem Heer geflohen war. In offenem Schlitten, nur einen Begleiter neben sich, war er verhüllt, als Herzog von Vicenza, Tag und Nacht durch preußisches Land gefahren. Am 12. Dezember war er um acht Uhr abends in Glogau angelangt, dort hatte er eine Stunde geruht, und war um zehn Uhr in grimmiger Kälte aufgebrochen. Am nächsten Morgen war er zu Hainau in der alten Burg eingefahren, wo damals der Posthof war. Dort hatte die entschlossene Postmeisterin Gramsch ihn erkannt, in ihrer Küche mit den Löffeln geschlagen und geschworen, ihm keinen Tee zu gönnen, sondern einen andern Trank zu brauen. Durch die ängstlichen Vorstellungen ihrer Umgebung war sie endlich bis auf Kamillentee erweicht worden, den sie mit hartem Fluch in die Kanne goß. Er hatte doch getrunken und war weitergejagt, auf Dresden zu. Jetzt war er in Paris angekommen, man las in den Zeitungen, wie glücklich Paris war, wie zärtlich ihn seine Gemahlin und sein Sohn begrüßt hatten, wie wohl sich der Kaiser befinde, und daß er bereits am 27. Dezember die schöne Oper »Das befreite Jerusalem« angehört habe. Und man las weiter, daß die Große Armee trotz Ungunst der Jahreszeit doch noch in furchtbaren Massen über Preußen zurückkehren solle, und daß der Kaiser von neuem rüste. Aber man las auch von der Untersuchung gegen General Malet. Und man wußte, wie frech sich die Lüge in den französischen Zeitungen breitete.

Man sah, was von der Großen Armee übrig war. In den ersten Tagen des Jahres fielen die Schneeflocken; weiß wie ein Leichentuch war die Landschaft. Da bewegte sich ein langsamer Zug geräuschlos auf der Landstraße zu den ersten Häusern der Vorstadt. Das waren die rückkehrenden Franzosen. Sie waren vor einem Jahre der aufgehenden Sonne zugezogen mit Trompetenklang und Trommelgerassel, in kriegerischem Glanz und empörendem Übermut. Endlos waren die Truppenzüge gewesen, Tag für Tag ohne Aufhören hatte sich die Masse durch die Straßen der Stadt gewälzt, nie hatten die Leute ein so ungeheures Heer gesehen, alle Völker Europas, jede Art von Uniformen, Hunderte von Generälen. Die Riesenmacht des Kaisers war tief in die Seelen gedrückt, das militärische Schauspiel mit seinem Glanz und seinen Schrecken füllte noch die Phantasie.

Aber auch die unbestimmte Erwartung eines furchtbaren Verhängnisses. Einen Monat hatte der endlose Durchzug gedauert, wie Heuschrecken hatten die Fremden von Kolberg bis Breslau das Land aufgezehrt. Denn schon im Jahre 1811 war eine Mißernte gewesen, kaum hatten die Landleute Samenhafer erspart, den fraßen 1812 die französischen Kriegspferde, sie fraßen den letzten Halm Heu, das letzte Bund Stroh, die Dörfer mußten das Schock Häckselstroh mit sechzehn Talern, den Zentner Heu mit zwei Talern bezahlen. Und gröblich, wie die Tiere, verzehrten die Menschen. Vom Marschall bis zum gemeinen Franzosen waren sie nicht zu sättigen.

König Hieronymus hatte in Glogau, keiner großen Stadt, täglich vierhundert Taler zu seinem Unterhalt erpreßt, der Herzog von Abrantes vier Wochen lang täglich fünfundsiebenzig Taler. Die Offiziere hatten von der Frau des armen Dorfgeistlichen gefordert, daß sie ihnen die Schinken in Rotwein koche; den fettesten Rahm tranken sie aus Krügen und gossen Zimtessenz darüber, auch der Gemeine bis zum Trommler hatte getobt, wenn er des Mittags nicht zwei Gänge erhielt, wie Wahnsinnige hatten sie gegessen. Aber schon damals ahnte das Volk, daß die Frevelhaften so nicht zurückkehren würden. Und die Franzosen sagten das selbst. Wenn sie sonst mit ihrem Kaiser in den Krieg gezogen waren, hatten ihre Rosse gewiehert, sooft sie aus dem Stall geführt wurden, damals hingen sie traurig die Köpfe; sonst waren die Krähen und Raben dem Heere des Kaisers entgegengeflogen, damals begleiteten die Vögel der Walstatt das Heer nach Osten, ihren Fraß erwartend.[15]

Aber was jetzt zurückkehrte, das kam kläglicher, als einer im Volk geträumt hatte. Es war eine Herde armer Sünder, die ihren letzten Gang angetreten hatten, es waren wandelnde Leichen. Ungeordnete Haufen aus allen Truppengattungen und Nationen zusammengesetzt, ohne Kommandoruf und Trommel, lautlos wie ein Totenzug nahten sie der Stadt. Alle waren unbewaffnet, keiner beritten, keiner in vollständiger Montur, die Bekleidung zerlumpt und unsauber, aus den Kleidungsstücken der Bauern und ihrer Frauen ergänzt. Was jeder gefunden, hatte er an Kopf und Schultern gehängt, um eine Hülle gegen die markzerstörende Kälte zu haben: alte Säcke, zerrissene Pferdedecken, Teppiche, Schals, frisch abgezogene Häute von Katzen und Hunden; man sah Grenadiere in großen Schafpelzen, Kürassiere, die Weiberröcke von buntem Fries wie spanische Mäntel trugen. Nur wenige hatten Helm und Tschako, jede Art Kopftracht, bunte und weiße Nachtmützen, wie sie der Bauer trug, tief in das Gesicht gezogen, ein Tuch oder ein Stück Pelz zum Schutz der Ohren darüber geknüpft, Tücher auch über den untern Teil des Gesichts. Und doch waren der Mehrzahl Ohren und Nasen erfroren und feuerrot, erloschen lagen die dunklen Augen in ihren Höhlen. Selten trug einer Schuh oder Stiefel,

---

15 (Schlosser), Erlebnisse eines sächsischen Landpredigers von 1806 bis 1815. S.66. Die fremden Nationen, Portugiesen, Italiener waren mäßiger.

glücklich war, wer in Filzsocken oder in weiten Pelzschuhen den elenden Marsch machen konnte, vielen waren die Füße mit Stroh umwickelt, mit Decken, Lappen, dem Fell der Tornister oder dem Filz von alten Hüten. Alle wankten auf Stöcke gestützt, lahm und hinkend. Auch die Garden unterschieden sich von den übrigen wenig, ihre Mäntel waren verbrannt, nur die Bärenmützen gaben ihnen noch ein militärisches Ansehen. So schlichen sie daher, Offiziere und Soldaten durcheinander mit gesenktem Haupt, in dumpfer Betäubung. Alle waren durch Hunger und Frost und unsägliches Elend zu Schreckensgestalten geworden.

Tag für Tag kamen sie jetzt auf der Landstraße heran, in der Regel sobald die Abenddämmerung und der eisige Winternebel über den Häusern lag. Dämonisch erschien das lautlose Erscheinen der schrecklichen Gestalten, entsetzlich die Leiden, welche sie mit sich brachten; die Kälte in ihren Leibern sei nicht fortzubringen, ihr Hunger sei nicht zu stillen, behauptete das Volk. Wurden sie in ein warmes Zimmer geführt, so drängten sie mit Gewalt an den heißen Ofen, als wollten sie hineinkriechen, vergebens mühten sich mitleidige Hausfrauen, sie von der verderblichen Glut zurückzuhalten. Gierig verschlangen sie das trockene Brot, einzelne vermochten nicht aufzuhören, bis sie starben. Bis nach der Schlacht bei Leipzig lebte im Volke der Glaube, daß sie vom Himmel mit ewigem Hunger gestraft seien. Noch dort geschah es, daß Gefangene in der Nähe ihres Lazaretts sich die Stücke toter Pferde brieten, obgleich sie bereits regelmäßige Lazarettkost erhielten; noch damals behaupteten die Bürger, das sei ein Hunger von Gott, einst hätten sie die schönsten Weizengarben ins Lagerfeuer geworfen, hätten gutes Brot ausgehöhlt, verunreinigt und auf dem Boden gekollert, jetzt seien sie verdammt, durch keine Menschenkost gesättigt zu werden.[16]

Überall in den Städten der Heerstraße wurden für die Heimkehrenden Lazarette eingerichtet, und sogleich waren alle Krankenstuben überfüllt, giftige Fieber verzehrten dort die letzte Lebenskraft der Unglücklichen. Ungezählt sind die Leichen, welche herausgetragen wurden, auch der Bürger mochte sich hüten, daß die Ansteckung nicht in sein Haus drang. Wer von den Fremden vermochte, schlich deshalb nach notdürftiger Ruhe, müde und hoffnungslos

---

[16] Schlosser, Erlebnisse. S. 129.

der Heimat zu. Die Buben auf der Straße aber sangen: »Ritter ohne Schwert, Reiter ohne Pferd, Flüchtling ohne Schuh, nirgend Rast und Ruh. So hat sie Gott geschlagen, mit Mann und Roß und Wagen«, und hinter den Flüchtlingen gellte der höhnende Ruf: »Die Kosaken sind da!« Dann kam in die flüchtige Masse eine Bewegung des Schreckens und schneller wankten sie zum Tore hinaus.

Das waren die Eindrücke des Winters von 1813. Unterdes hatte die Zeitung gemeldet, daß General York mit dem Russen Wittgenstein die Konvention von Tauroggen abgeschlossen hatte. Und mit Schrecken hatte der Preuße gelesen, daß der König den Vertrag verwarf, den General seines Kommandos entsetzte. Aber gleich darauf sagte man sich, daß das nicht Ernst werden könne, denn der König war aus Berlin, wo sein teures Haupt unter den Franzosen nicht mehr sicher war, nach Breslau abgereist. Jetzt hoffte man.

In der Berliner Zeitung vom 4. März las man unter den angekommenen Fremden noch französische Generäle, aber an demselben Tage betrat »Herr von Tschernitschef, Commandeur eines Corps Kavallerie«, in friedlicher Ordnung die Hauptstadt.

Seit drei Monaten wußte man, daß der russische Winter und das Heer des Kaisers Alexander die Große Armee verdorben hatten. Schon in der Weihnachtszeit hatte Gropius für die Berliner den Brand von Moskau im Diorama aufgestellt. Seit einigen Wochen waren unter den neuen Büchern häufig solche, welche russisches Wesen behandelten, Beschreibungen des Volkes, russische Dolmetscher, Hefte russischer Nationalmusik. Was von Osten kam, wurde verklärt durch den leidenschaftlichen Wunsch des Volkes. Niemand mehr, als die Vortruppen des fremden Heeres, die Kosaken. Nächst dem Frost und Hunger galten sie als die Besieger der Franzosen. Wunderbare Geschichten von ihren Taten flogen ihnen voraus. Sie sollten halbwilde Männer sein, von großer Einfachheit der Sitten und von ausgezeichneter Herzlichkeit, von unbeschreiblicher Gewandtheit, Schlauheit und Tapferkeit. Wie schnell ihre Pferde, wie unwiderstehlich ihr Angriff sei, wurde gerühmt, daß sie die größten Flüsse durchschwimmen, die steilsten Hügel erklettern, die grimmigste Kälte mit gutem Mut ertragen könnten. Schon am 17. Februar waren sie in der Nähe von Berlin erschienen; seitdem erwartete man sie täglich in den Städten, welche weiter nach Westen lagen, täglich zogen die Knaben aus den Toren, um zu spähen, ob ein Trupp heranreite. Als endlich ihre Ankunft verkündet wurde, strömte alt und jung auf die Straßen. Mit fröhlichem Zuruf wurden sie bewillkommt, eifrig trugen die Bürger herbei, was das Herz der Fremden erfreuen konnte, man war der Ansicht, daß Branntwein, Sauerkraut, Heringe ihrem nationalen Geschmack am meisten entsprechen würden. Alles an ihnen wurde bewundert, ihre starken Vollbärte, das lange dunkle Haar, der dicke Schafpelz, die weiten blauen Hosen und ihre Waffen: Pike, lange türkische Pistolen, oft von kostbarer Arbeit, die sie in breitem Ledergurt um den Leib trugen, und der krumme Türkensäbel. Erfreut sah man, wie sie sich auf die Pike stützten und behend über das dicke Sattelkissen schwangen, das ihnen zugleich als Mantelsack diente. Und wenn sie darauf die Pike einlegten und ihre mageren Pferde mit lautem Hurra antrieben, oder wenn sie gar ihre Lanze mit einem Riemen am Arm befestigten und dahintrotteten, ein fremdes Werkzeug, den Kantschu, das Staunen der Jugend, in der rechten Hand schwingend, – dann trat jeder zur Seite und blickte ihnen achtungsvoll nach. Auch ihre Reiterkünste entzückten. Im Karriere beugten sie sich zur Erde und hoben die kleinsten Gegenstände auf. Im schnellsten Ritt drehten sie die Pike wirbelnd um den Kopf und trafen sicher den Gegenstand, nach dem sie zielten.[17] Das frohe Erstaunen wich bald vertraulichen Empfindungen. Schnell gewannen sie das Herz des Volkes. Sie waren besonders freundlich gegen die Jugend, hoben die Kinder auf ihre Pferde und ritten mit ihnen auf dem Platze umher. In den Familien wurde gesungen, wie der Behauptung nach die Kosaken sangen. Jeder Knabe wurde Kosak oder doch Kosakenpferd. Freilich wurden einige Gewohnheiten der heldenhaften Freunde empfindlich, sie hatten die Unart zu mausen, und in ihren Nachtquartieren merkte man's handgreiflich, daß sie gar nicht säuberlich waren. Dennoch blieb ihnen bei Freund und Feind lange noch ein phantastischer Schimmer, selbst als sie sich in den Kämpfen, die jetzt unter zivilisierten Menschen geführt wurden, als räuberisch, unzuverlässig und wenig brauchbar erwiesen.

---

17 Mehre Einzelheiten hier und im folgenden nach einer handschriftlichen Aufzeichnung des Appellationsrat Tepler in Naumburg, für deren gütige Mitteilung der Herausgeber dankbar ist.

Als sie später aus dem Kriege heimkehrten, bemerkte man, daß sie sich sehr verschlimmert hatten.

Nur dreimal in der Woche wurden die Zeitungen ausgegeben, und die Wege waren im Tauwetter des Frühjahrs schlecht; so zogen die Neuigkeiten nur langsam, in Absätzen durch die Provinzen, auch wo nicht Truppenmärsche und das Gewirr des Kampfes zwischen vordringenden Russen und weichenden Franzosen hinderte. Aber jedes Blatt, jedes Gerücht, das neue Kunde aus der Provinz Preußen zuführte, wurde mit gespannter Teilnahme aufgenommen. Es wurde auch darüber in den Familien, in den Gesellschaften der Stadt gesprochen, aber leidenschaftlichen Ausdruck hatte die Erregung selten. Es ist wahr, in den Seelen war ein pathetischer Zug, aber nicht mehr in Wort und Gebärde kam er zutage. Hundert Jahre hatte der Deutsche seine Tränen mit Behagen betrachtet und um nichts große Gefühle gehegt, jetzt trat das Größte mächtig an sein Leben, und es fand ihn still, ohne jede Phrase, mit verhaltenem Atem bändigte er sein unruhiges Herz. Kam eine große Nachricht, dann trat dem Hausherrn, der die Botschaft den Seinen verkündete, wohl die Träne in die Augen, er wischte sie heimlich ab. Diese Ruhe und Selbstbeherrschung ist für uns das Eigentümlichste jener Zeit.

Was sonst noch von außen an den einzelnen schlug, das wurde weit mehr deshalb aufgenommen, weil es der eigenen Stimmung entsprach, als weil es eine höhere gab. Mit Erbauung wurden einzelne kleine Flugschriften gelesen, am liebsten, was der treue Arndt so mannhaft seinem Volke zurief. Neue Lieder flatterten durch das Land, in kleinen Heften, nach dem Bänkelsängerbrauch »gedruckt in diesem Jahr«, in der Regel schlecht und roh, voll Haß und Spott, schon einzelne heißempfundene darunter, es waren Vorläufer der schönen Jünglingspoesie, welche wenige Monate darauf von den preußischen Bataillonen gesungen wurde, wenn sie in die Schlacht zogen. Die besseren dieser Lieder wurden in den Familien zum Klavier gesungen, oder der Gatte blies die Melodie auf der Flöte, die damals noch zur Hausmusik gehörte, und die Mutter mit den Kindern sang leise den Text. Durch Wochen war es das innigste Abendvergnügen. Stärker als auf den Gebildeten wirkten die Verse auf die kleinen Kreise des Volkes, schnell verdrängten sie den alten Vorrat von Gassenliedern. Zuweilen kaufte der Städter auch eine der häßlichen Karikaturen auf Napoleon und seine Armee, welche damals als Flugblätter im Lande vertrieben wurden, oft aber durch den Pariser Dialekt ihres Textes verraten, daß sie von den Franzosen verfertigt sind. Die Roheit und schadenfrohe Gemeinheit, welche uns an den meisten verletzt, übersah man damals leicht, weil sie demselben Hasse dienten; sie haben nur in größeren Städten das Volk der Straße beschäftigt, im Lande selbst geringe Einwirkung geübt. In solcher Stimmung empfing das Volk die großen Erlasse seines Königs, welche vom 3. Februar, wo die freiwilligen Jäger, bis zum 17. März, wo die Landwehr aufgerufen wurde, die gesamte Wehrkraft Preußens unter die Waffen stellten. Wie ein Frühlingssturm, der die Eisdecke bricht, fuhren sie durch die Seele des Volkes. Hoch wogte die Strömung, in Rührung, Freude, stolzer Hoffnung schlugen die Herzen. Und wieder in diesen Monaten des höchsten Schwunges dieselbe Einfachheit und ruhige Fassung. Es wurden nicht viele Worte gemacht, kurz war der Entschluß. Die Freiwilligen sammelten sich still in den Städten ihrer Landschaft und zogen mit ernstem Gesang aus den Toren der Hauptstadt, nach Königsberg, Breslau, Kolberg, bald auch nach Berlin. Die Geistlichen verkündeten in der Kirche den Aufruf des Königs; es war das kaum nötig, die Leute wußten bereits, was sie zu tun hatten. Als ein junger Theologe, der predigend seinen Vater vertrat, die Gemeinde von der Kanzel ermahnte, ihre Pflicht zu tun, und zufügte, daß er nicht leere Worte spreche und sogleich nach dem Gottesdienst selbst als Husar eintreten werde, da stand sofort in der Kirche eine Anzahl junger Männer auf und erklärte, sie würden dasselbe tun. Als ein Bräutigam zögerte, sich von seiner Verlobten zu trennen, und ihr endlich doch seinen Entschluß verriet, sagte ihm die Braut, sie habe in der Stille getrauert, daß er nicht unter den ersten aufgebrochen sei.[18] Es war in der Ordnung, es war nötig, die Zeit war gekommen, niemand fand etwas Außerordentliches darin. Die Söhne eilten zum Heere und schrieben vor dem Aufbruch ihren Eltern von dem fertigen Entschluß; die Eltern waren damit einverstanden, es war auch ihnen nicht auffallend, daß der Sohn selbstwillig tat, was er tun mußte. Wenn ein Jüngling sich zu einem der Sammelpunkte durchgeschlagen hatte, fand er wohl seinen Bruder bereits ebendort, der von andrer Seite zugereist war, sie hatten einander nicht einmal geschrieben.

---

[18] Denknisse eines Deutschen. S. 229.

Die akademischen Vorlesungen mußten geschlossen werden, in Königsberg, Berlin, Breslau. Auch die Universität Halle, noch unter westfälischer Herrschaft, hörte auf, die Studenten waren einzeln oder in kleinen Haufen aus dem Tor nach Breslau gezogen. Die preußischen Zeitungen meldeten das lakonisch in den zwei Zeilen: »Aus Halle, Jena, Göttingen sind fast alle Studenten in Breslau angekommen, sie wollen den Ruhm teilen, die deutsche Freiheit zu erkämpfen.« Auf den Gymnasien waren die großen und alten nicht immer für die besten Schüler gehalten worden, und mit geringer Achtung hatten die Lehrer über die griechische Grammatik nach den hinteren Bänken gesehen, wo die Recken mißvergnügt saßen; jetzt waren sie die beneideten, der Stolz der Schule, herzlich drückten die Lehrer ihnen die Hand, und mit Bewunderung sahen die jüngeren den Scheidenden nach. Nicht nur die erste blühende Jugend trieb es in den Kampf, auch die Beamten, unentbehrliche Diener des Staats, Richter, Landräte, Männer aus jedem Kreise des Zivildienstes. Auch die Stadtgerichte, die Departements der Landesregierungen, die Bureaus der Subalternen begannen sich zu leeren. Schon am 2. März mußte ein königlicher Erlaß diesen Eifer einschränken, der Ordnung und Verwaltung des Staates ganz aufzuheben drohte; der Zivildienst dürfe nicht leiden, wer Soldat werden wolle, bedürfe dazu der Erlaubnis seiner Vorgesetzten, wer die Verweigerung seiner Bitte nicht tragen könne, müsse den Entscheid des Königs selbst anrufen. Auch der Landadel, der in den letzten Jahren grollend den Umsturz alter Privilegien getragen hatte, jetzt fand er sich wieder. Die Stärkeren traten in allen Kreisen an die Spitze der Bewegung, auch die Schwachen folgten endlich dem übermächtigen Impulse. Wenige Familien, die nicht ihre Söhne dem Vaterlande darboten, vieler Namen stehen in gehäufter Zahl in den Listen der Regimenter. Vor allem der Adel Ostpreußens. Derselbe Alexander Graf von Dohna-Schlobitten, welcher 1802 Minister des Innern gewesen war, war der erste Landwehrmann, welcher sich im Bataillon des Mohrunger Kreises einschreiben ließ. Wilhelm Ludwig Graf von der Gröben, Hofmarschall des Prinzen Wilhelm, trat als Unteroffizier in das Regiment Prinz Wilhelm Dragoner; drei seines Geschlechts fielen auf den Schlachtfeldern dieses Krieges. Solches Beispiel wirkte auch auf das Landvolk. Ungezählt ist die Menge der Kleinen, die mit ihren gesunden Gliedern dem Staate alles brachten, was sie besaßen.

Während die Preußen an der Weichsel in dem Drange der Stunde ihre Rüstungen selbständiger, mit schnell gefundener Ordnung und unerhörter Hingabe betrieben, wurde Breslau seit Mitte Februar Sammelpunkt für die Binnenlandschaften. Zu allen Toren der alten Stadt zogen die Haufen der Freiwilligen herein. Unter den ersten waren dreizehn Bergleute mit drei Eleven aus Waldenburg, Kohlengräber, die ärmsten Leute, ihre Mitknappen arbeiteten so lange umsonst unter der Erde, bis sie zur Ausrüstung für die Kameraden 221 Taler zusammenbrachten: gleich darauf folgten die oberschlesischen Bergleute mit ähnlichem Eifer. Kaum wollte der König solche Opferfähigkeit des Volkes für wahr halten; als er von den Fenstern des Regierungsgebäudes den ersten langen Zug der Wagen und Männer sah, welcher aus der Mark ihm nachgereist war und die Albrechtsstraße füllte, als er den Zuruf hörte und die allgemeine Freude erkannte, rollten ihm die Tränen über die Wangen, und Scharnhorst durfte fragen, ob er jetzt an den Eifer des Volkes glaube.

Mit jedem Tage steigt der Andrang. Die Väter bieten ihre gerüsteten Söhne dar, unter den ersten der Geheime Kriegsrat Eichmann, der zwei Söhne, und der frühere Sekretär von Haugwitz, Bürde, welcher drei Söhne bewaffnete. Landschaftsyndikus Elsner zu Ratibor stellt sich selbst und rüstet drei freiwillige Jäger, Geheimer Kommerzienrat Krause in Swinemünde sendet einen reitenden Jäger ganz ausgerüstet mit vierzig Dukaten und dem Anerbieten, zwanzig Jäger zu Fuß zu rüsten und ein Jahr zu besolden, und zehn Molden Blei zu liefern; Justizrat Eckart in Berlin leistet auf seinen Gehalt von 1450 Talern Verzicht und tritt als Kavallerist in Dienst, ein Rothkirch stellt sich selbst und zwei equipierte Leute zur Kavallerie, außerdem fünf Pferde, dreihundert Scheffel Getreide und alle tauglichen Arbeitspferde seines Gutes zum Fuhrwesen. Unter den Feurigsten war der wilde Heinrich von Krosigk, Senior eines alten Geschlechts auf Poplitz bei Alsleben. Sein Gut lag im Königreich Westfalen. Er hatte nach 1807 in seinem Park eine Säule von rotem Sandstein mit den eingegrabenen Worten errichtet: » *Fuimus Troes*«, und hatte die Franzosen und das Königreich Westfalen mit herber Verachtung behandelt. Seiner Einquartierung hatte er stets den schlechtesten Wein hingesetzt, er selbst mit den Freunden hatte den bessern getrunken, sobald sich die Fremden entfernten, und wenn sich ein Franzose beklagt hatte, war er grob und zu jeder Genugtuung bereit gewesen, die geladenen Pistolen hatten immer auf seinem Tische gelegen. Zuletzt zwang er gar seine Bauern, die Gendarmen ihres eigenen Königs zu arretieren. Jetzt war er grade erst aus der Festung Magdeburg, wohin ihn die Franzosen geführt, ausgebrochen und hatte sein Gut den Feinden preisgegeben. Der heldenhafte Mann fiel bei Möckern.

So geht es in langer Reihe fort, bald folgen die Städte und Kreise. Schievelbein, damals der kleinste und ärmste Kreis Preußens, war der erste, welcher anzeigte, daß er dreißig Reiter stelle, ausrüste, auf drei Monate besolde; Stolpe war eine der ersten Städte, welche meldete, daß sie zur Ausrüstung der freiwilligen Jäger 1000 Taler sogleich und fortan jeden Monat 100 zahle; Stargard hatte zu demselben Zweck schon am 20. März 6169 Taler und 1170 Lot Silber gesammelt, ein einzelner Gutsbesitzer K. hatte 616 Lot gegeben. Immer größer und zahlreicher werden die Angebote, bis die Organisation der Landwehr den Kreisen volle Gelegenheit gibt, ihre Hingabe in dem eigenen Bezirk zu betätigen.

Die einzelnen blieben nicht zurück. Wer nicht selbst ins Feld zog oder einen seiner Familie ausrüsten half, der suchte durch Gaben dem Vaterland zu helfen. Es ist eine holde Arbeit, die langen Verzeichnisse der eingelieferten Spenden zu durchmustern. Beamte verzichten auf einen Teil ihres Gehaltes, Leute von mäßigem Wohlstand geben einen Teil ihres Vermögens, Reiche senden ihr Silbergeschirr, Ärmere bringen ihre silbernen Löffel, wer kein Geld zu opfern hat, bietet von seinen Habseligkeiten, seiner Arbeit. Gewöhnlich wird es, daß Gatten ihre goldenen Trauringe – sicher oft das einzige Gold, das im Hause war – einsenden (sie erhielten dafür zuletzt eiserne mit dem Bild der Königin Luise zurück), Landleute schenken Pferde, Gutsbesitzer Getreide, Kinder schütten ihre Sparbüchsen aus. Da kommen 100 Paar Strümpfe, 400 Ellen Hemdenleinwand, Stücke Tuch, viele Paar neue Stiefeln, Büchsen, Hirschfänger, Säbel, Pistolen. Ein Förster kann sich nicht entschließen, seine gute Büchse wegzugeben, wie er in lustiger Gesellschaft versprochen hat, und geht daher lieber selbst ins Feld. Junge Frauen senden ihren Brautschmuck ein, Bräute die Halsbänder, die sie von den Geliebten erhalten. Ein Mädchen, der ihr Haar gelobt worden war, schneidet es ab zum Verkauf an den Friseur, patriotische Spekulation verfertigt daraus Ringe, wofür mehr als 100 Taler gelöst werden. Was das arme Volk aufbringen kann, wird eingesendet, mit der größten Opferfreudigkeit grade von kleinen Leuten.

Der nächste Absatz wird aus technischen Gründen nicht wie im Original als Fußnote wiedergegeben. Re.

Es sei verstattet, hier aus den Quittungen, welche Heun in den Zeitungen ausstellte, noch einiges anzuführen. Es ist freilich zufällig, was gerade in ihnen an die Spitze gestellt wird, zumal seine Listen nur einen sehr kleinen Teil der Gaben aufzählen, die ostpreußischen gar nicht. – Vor allen sei die erste patriotische Gabe aufgeführt, welche überhaupt im Jahr 1813 öffentlich erwähnt wird. Schon um Neujahr, lange bevor die freiwilligen Jäger gerüstet wurden, stellte die katholische Gemeinde zu Marienburg in Westpreußen alles entbehrliche Silberzeug ihrer Kirche, etwa 100 Kölnische Mark, dem Staat zur Verfügung, und bat, weil sie Kirchengut nicht wegschenken dürfe, in Zukunft um die Zinsen des Silberwerts. Der erste Geldbeitrag aber, den Heun verzeichnet, war vom Schneidermeister Hans Hofmann in Breslau, 100 Taler. – Die ersten, welche ein Pferd schenkten, waren die Bauern Johann Hinze in Deutsch-Borgh, Amt Saarmünd, und Meyer in Elsholz desselben Amts, der letztere hatte nur zwei Pferde. – Der erste, welcher Hafer schenkte, 100 Scheffel, war ein Axleben. – Die ersten, welche ihre goldenen Trauringe einsandten und die Hoffnung aussprachen, daß viel Gold zusammenkommen könne, wenn das jeder tue, waren der Lotteriekollekteur Rolin und Frau in Stettin. – Die ersten Beamten, welche auf einen Teil ihres Gehalts verzichteten, waren Professor Hermbstädt in Berlin, jährlich 250 Taler, Professor Gravenhorst in Breslau, die Hälfte seines Gehalts, und Professor David Schulz, jährlich 100 Taler. – Der erste, welcher einen Teil seines Vermögens gab, war ein ungenannter Beamter, von 4000 Talern gab er 1000. – Der erste, welcher sein Silbergeschirr einsandte, war Graf Sandretzky aus Manze in Schlesien, Wert 700 Taler, dazu 3 schöne Pferde. – Ein Kanzleidiener 4 silberne Eßlöffel. – Ein Ungenannter 2000 Taler. – Das Schlächtergewerk von Berlin 1000 Taler. – Ein Ungenannter 3 goldene Dosen mit Brillanten, Wert 5300 Taler. – Ein alter Krieger sein einziges Goldstück, Wert 40 Taler. – Eine alte Frau aus einer kleinen Stadt ein Paar wollene Strümpfe.

Nicht selten hat seither der Deutsche zu patriotischem Zweck beigesteuert. Aber die Gaben des großen Jahres verdienen wohl ein höheres Lob. Denn wenn man von jenen Sammlungen der alten Pietisten für ihre menschenfreundlichen Institute absieht, ist es zum erstenmal, daß ein deutsches Volk in solcher Opferlust auflodert. Und überhaupt zum erstenmal, daß dem Deutschen die Freude wird, für seinen Staat freiwillig hinzugeben.

Auch die Summen, welche damals aufgebracht wurden, würden zusammengezogen alles, was seither aus weiteren Landstrichen zusammengeschossen wurde, so weit übersteigen, daß sie kaum verglichen werden dürfen. Allein die Ausrüstung der freiwilligen Jäger und was für die Freischaren in den alten Provinzen gesammelt wurde, muß weit über eine Million gekostet haben. Und sie begreift nur einen kleinen Bruchteil der freiwilligen Gaben und Einsendungen, welche das Volk brachte.[19] Und wie war das kleine Volk verarmt!

Nahe aneinander lagen auf der Schmiedebrücke in Breslau die beiden Werbestellen für die freiwilligen Jäger und das Lützowsche Freikorps. Für die Jäger arbeitete Professor Steffens, der als erster sich und einen Teil der Breslauer Studenten darbrachte, für die Lützower sprach, gestikulierte und schrieb Ludwig Jahn. Beide Truppen wurden ganz durch patriotische Gaben einzelner ausgerüstet. Die Beiträge für die freiwilligen Jäger sammelte Heun, der hier bessere Geschichten mit treuer Seele durchlebte, als er später in seinen weichlichen Lieslinovellen den Lesern gegönnt hat. Zwischen den Lützowern und den Jägern war ein Wettstreit, ein freundlicher und mannhafter; aber auch hier brach wieder der Ge-

---

[19] Es wurden 10 000 Mann freiwilliger Jäger und etwa die Hälfte der Freischaren mit 2500 Mann aus den alten Provinzen gerüstet, darunter etwa 1500 Pferde. Schlägt man die Kosten eines Jägers zu Fuß auf 60 Taler, die eines Reiters auf 230 Taler an, – der Pferdepreis war hoch, – so erhält man die Summe von 1 150 000 Talern, welche sicher zu niedrig ist. Dabei sind der Sold und die Zuschüsse, welche den einzelnen Jägern von Privaten gezahlt wurden, gar nicht gerechnet.

gensatz in den Richtungen hervor: ob mehr deutsch, ob mehr preußisch; noch waren es nur verschiedene Brechungen desselben Lichtstrahls.

Auch der alte Gegensatz des Gemüts, der bereits seit dem vorigen Jahrhundert im Bürgertum erkennbar ist, wurde sichtbar: ein weicher, enthusiastischer Sinn und höherer Schwung und wieder feste, umsichtige, bescheidene Kraft. Die erstere Richtung vertraten meist die patriotischen Jünglinge, welche aus der Fremde herzugeeilt waren, die letztere die Preußen. Nicht gleich war das Schicksal der beiden Freiwilligenbureaus. Aus den 10 000 freiwilligen Jägern, welche jedem Regiment der Preußen zugeteilt wurden, ging die Kraft des preußischen Heeres hervor, sie waren das moralische Element der Armee, die Hilfe, Stärke und Ergänzung des Offizierkorps, und sie haben dem preußischen Kriege von 1813 nicht nur die stürmische Tapferkeit, auch den Adel und hohen Sinn gegeben, welcher in der Kriegsgeschichte etwas ganz Neues war. Die Freischar Lützows dagegen erfuhr, daß rauhes Schicksal den Schöpfungen höchster Begeisterung gern feindlich gegenübertritt. Zumeist an sie hatte sich die Poesie der Gebildeten geheftet, sie enthielt einen großen Teil der deutschen Studentenschaft, leidenschaftlich Erregte, aber sie schwoll ebendeshalb zu übergroßer Stärke an, die zu behendem Dienst im Rücken des Feindes kaum mehr geeignet war, und ihr Führer, ein braver Soldat, hatte nicht die Eigenschaften und das Glück eines verwegenen Parteigängers. Ihre Kriegstaten entsprachen nicht der hochgespannten Erwartung, womit man ihre Rüstung begleitete, sie hat später einen Teil ihrer tüchtigsten Kräfte an andere Heerkörper abgegeben. Aber unter ihren Offizieren war der Dichter, der vor andern bestimmt war, kommenden Geschlechtern den hinreißenden Zauber jener Tage im Liede zu überliefern, er selbst von vielen rührenden Jünglingsgestalten jenes Kampfes eine der reinsten und herzlichsten im Leben, Lied und Tod: Theodor Körner.

Auch in der großen Stadt, wo der Freiwillige sich die Ausrüstung zu besorgen hatte, fand er nicht ein lärmendes Getöse aufgeregter Massen. Kurz und ernsthaft tat jeder seine Pflicht, ebenso er selbst. Wer kein Geld hatte, den unterhielt der fremde Kamerad, der zufällig mit ihm zusammentraf. Die einzige Sorge des Ankommenden war, seine Armatur zu finden. Hatte er zwei Röcke, so ließ er als Lützower schnell den einen schwarz färben und zurichten, sein größter Kummer war, ob die Patrontasche auch zur Zeit fertig würde. Fehlte ihm alles, und konnte ihm das Bureau nicht sogleich den Bedarf geben, so wagte er nur selten ein Zeitungsinserat, in dem er bat. Sonst hatte ihm das Geld so wenig Bedeutung als seinen Kameraden. Er behalf sich dürftig, was lag jetzt daran, für tönende Phrasen und patriotische Reden hatte er keine Zeit und kein Ohr. Wer ja gespreizt einherging in kriegerischem Putz, wurde verlacht, alles Renommieren und Säbelklirren war verächtlich. So war die Stimmung der Jugend. Es war eine tiefe Begeisterung, eine innige Hingabe, ohne das Bedürfnis des lauten Ausdrucks. Schon damals stieß das Wichtigtun und die Schauspielerei des eifrigen Jahn viele ab, kurz darauf brachte ihn dieselbe Unart sogar in den Ruf eines Poltrons.

In manchen war ein Zug von schwärmerischer Frömmigkeit, nicht in der Mehrzahl. Aber jeder der Bessern war voll von dem Gedanken, daß er jetzt eine Pflicht übernehme, vor der jede andere Erdenpflicht nichts sei; darum kam zu der Freudigkeit, die ihn erfüllte, eine gewisse feierliche Ruhe. In solchem Sinne tat er emsig, ehrbar, gewissenhaft seinen ernsten Dienst, übte sich unermüdlich auch auf der Zimmerecke, die er bewohnte, in Bewegung und Gebrauch der Waffen. Er sang unter Kameraden mit freudiger Empfindung eines der neuen Kriegslieder, aber auch diese Lieder erwärmten ihn, weil sie ernst und feierlich waren, wie er selbst. Er wollte nicht Soldat heißen. Das Wort war berüchtigt aus der Zeit, in welcher der Stock herrschte. Er war ein Krieger. Daß er gehorchen müsse, seine Pflicht bis zum äußersten tun, auch den beschwerlichen Mechanismus des Dienstes, davon war er innig überzeugt. Auch daß er sich musterhaft halten müsse, als Beispiel für die weniger Gebildeten, die neben ihm standen. Er war entschlossen, streng wie er gegen sich war, auch auf die Ehre seiner Kameraden zu halten. In dem heiligen Kriege sollte keine Frechheit und keine Roheit der alten Soldaten die Sache schänden, für die er focht. Er mit seinen »Brüdern« hielt selbst das Ehrengericht und strafte den Unwürdigen. Aber er wollte nicht beim Heere bleiben. Wenn das Vaterland frei war und der Franzose gebändigt, dann wollte er zurückkehren zu seinen Vorlesungen, zu den Akten, in die Arbeitsstube. Denn dieser Krieg war nicht wie ein anderer. Jetzt stand er als Gemeiner in Reih und Glied, aber wenn er am Leben blieb, würde er übers Jahr wieder sein, was er vorher gewesen.

Neben solche Freiwillige trat der alte Offizier aus der Zeit der Adelsherrschaft und des Stockes. Er hatte seine Pflicht im unglücklichen Kriege getan, er war vielleicht als Gefangener, ausgeplündert, abgerissen durch die Straßen Berlins geschleppt worden, dort hatte das Volk der Straße ihn mit Schmähreden und Flüchen verfolgt und die Faust gegen ihn geballt; dann war nach dem Frieden ein Kriegsgericht über ihn gehalten worden, er war freigesprochen, aber auf elendes Wartegeld entlassen worden. Seitdem hat er gedarbt und in der Stille mit den Zähnen geknirscht, wenn die fremden Sieger ebenso übermütig auf ihn herabsahen, wie einst er selbst auf die Zivilisten. Er hatte, wenn er nicht Weib und Kind erhalten mußte, mit seinen Schicksalsgefährten jahrelang in dürftiger Wohnung gehaust, in unordentlichem Haushalt; einige von den Fehlern des alten Offizierstandes hatte er nicht abgelegt, die Zeit der Entbehrungen hatte ihn nicht weicher und milder gemacht, die herrschende Empfindung seiner Seele war Haß, tiefer, grimmiger Haß gegen den fremden Eroberer. An unsicherer Hoffnung, vielleicht an eitlen Racheplänen hatte er lange gezehrt, jetzt kam die Zeit der Vergeltung. Auch in seinem Haupt hatte die Zeit der Knechtschaft einiges geändert. Er hatte gemerkt, wie ungenügend sein Wissen war, und er hatte in ernsten Stunden etwas für seine Bildung getan, er hatte gelernt und gelesen, auch er war durch das edle Pathos Schillers begeistert worden. Aber er sah doch mit Mißtrauen und Abneigung auf die neumodischen Krieger, die jetzt vor ihm im Gliede stehen sollten, der alte Groll gegen das Schreibervolk war noch sehr lebendig, das ungeschulte Wesen mit seinen hohen Ansprüchen verletzte ihn. Derselbe Gegensatz stieß sich oben wie unten, unter den Generälen wie in der Kompanie. Es ist eine der merkwürdigen Erscheinungen dieses Krieges, daß er so gut gebändigt wurde; die Freiwilligen lernten schnell militärischen Gehorsam und wie wertvoll die Dienstkenntnis ihres Vorgesetzten sei; und der Offizier verlor einiges von der Rauheit und Willkür, womit er sonst seine Mannschaft behandelt hatte. Und er hörte zuletzt behaglich zu, wenn ein verwundeter Jäger mit dem Arzt darüber stritt, ob ihm der *flexor* des Mittelfingers durchgehauen sei, oder wenn seine Gemeinen beim Biwakfeuer etwa in Erinnerung an juristische Kollegienhefte lebhaft erörterten, ob bei dem zweideutigen Verhältnis, in welches ein Kosak zu einer Gans getreten war, *culpa lata* oder *dolus* anzunehmen sei. Im ganzen erwies sich die Mischung als vortrefflich.

Aber unendlich größer als die freiwilligen Leistungen war der Gewinn, welcher für die Regierung Preußens daraus hervorging, daß sie jetzt erst erfuhr, was sie einem solchen Volke als Pflicht zumuten dürfe. Die großartigen Dimensionen, welche der Kampf annahm, die imponierende Kriegsmacht Preußens, das Gewicht, welches dieser Staat durch die Bedeutung seines Heeres bei den Friedensverhandlungen erhielt, beruhen im letzten Grund auf dem hohen Sinn, der in den ersten Frühlingsmonden des Jahres die Welt überraschte. Durch ihn erhielt die Regierung den Mut, die Kräfte so hoch zu spannen, wie sie getan. Daß Ostpreußen außer seinem Kontingent zum stehenden Heer zwanzig Bataillone Landwehr und das berittene Nationalregiment aus eigener Kraft, fast ohne die Regierung zu fragen, in wenigen Wochen aufgestellt hatte, nur diese ungeheure Kraftentwicklung machte die Errichtung der Landwehr im ganzen Staatsgebiet möglich.

Und daß auf Befehl seines Königs das Volk dies zweite Heer in geordneter Weise gehorsam und willig schuf, daß es in den alten Provinzen 120 Bataillone und 90 Schwadronen Landwehr rüstete und verpflegte, ist wieder nur ein Teil seiner Anstrengung.

Und wie treu hat es dem Befehl seines Königs gehorcht!

Die Landwehr des Frühjahrs 1813 hatte noch wenig von dem kriegerischen Aussehen, welches sie durch die Schlachten und die spätere Organisation erhielt.[20] Ihre Mannschaft bestand aus solchen, welche zum Dienst im stehenden Heere nicht herangezogen waren und jetzt aus der männlichen Bevölkerung bis zu vierzig Jahren durch Los und Wahl genommen wurden. Da die gebildete Jugend, das erste Kriegsfeuer der Nation, zum größten Teil bei den freiwilligen Jägern eingetreten war oder die Lücken des stehenden Heeres ergänzt hatte, so waren die Elemente der Landwehr wahrscheinlich von geringer Kriegstüchtigkeit gewesen, wenn nicht auch

[20] Für mehres ist bei Herausgeber einer Aufzeichnung des würdigen Oberregierungsrat Häckel zu Dank verpflichtet.

hier ein Teil der Besitzenden sich freiwillig eingereiht hätte. Es war die schwere Masse des Krieges, die Gemeinen meist Landvolk, die Führer Landedelleute, Beamte, ältere Offiziere auf Halbsold, und wer sonst durch das Vertrauen seines Kreises gewählt war, aber auch junge Freiwillige. Ein ungewöhnliches bunt zusammengewürfeltes Material für den Felddienst, viele der Offiziere ohne jede Kriegserfahrung wie die Gemeinen. Auch die Ausrüstung war im Anfang nur unvollkommen, sie wurde – bis auf einen Teil der Waffen – von den Kreisen beschafft: die Litewka, lange Hosen von grauer Leinwand, eine Tuchmütze mit weißem Blechkreuz, die Waffen im ersten Glied Piken, im zweiten und dritten Gewehre, der Reiter führte eine Pistole, Säbel und Pike. In der Kreisstadt wurde die Mannschaft eingereiht, exerziert und notdürftig ausgerüstet; bei der Eile geschah es, daß Bataillone zum Heere kommandiert wurden, die noch keine Waffen und kein Schuhwerk hatten, dann zogen die Leute barfuß, mit Stangen der Elbe zu, im Aussehen mehr einem Haufen Räuber als gesetztem Kriegsvolk zu vergleichen, auch sie willig, oft mit Gesang und dem kräftigen Hurra, das sie von den Kosaken angenommen hatten. Durch einige Wochen sah die Linie, zumal der alte Offizier, mit Verachtung auf die neue Einrichtung, niemand grimmiger als der strenge York. Als sich der würdige Oberst Putlitz zu Berlin ein Landwehrkommando ausbat, er, der schon tapfer in der französischen Kampagne gefochten und im Jahr 1807 ein Schützenkorps im schlesischen Gebirge gesammelt hatte, – da fragten ihn die Stabsoffiziere spöttisch: ob er sich denn mit diesen Haufen zu schlagen gedenke. Nach dem Kriege erklärte der tapfere General die Zeit, in welcher er Landwehr kommandiert, für die glücklichste seines Lebens. Denn in keiner neuen Organisation des Heeres hat sich die Gewalt des großen Jahres und die Tüchtigkeit des Volkes so glänzend bewährt, als in dieser. Diese Bauerknaben und linkischen Ackerknechte wurden in wenig Wochen zuverlässige und tapfere Soldaten. Es ist wahr, sie haben unverhältnismäßigen Verlust an Menschen gehabt, sie haben auch in ihrem ersten Zusammentreffen mit dem Feind nicht immer die feste Haltung gezeigt, sondern den schnellen Wechsel von Zagheit und Mut, welcher jungen Truppen eigen ist; aber sie haben, vom Pfluge und von der Werkstatt zusammengerufen, schlecht bekleidet, schlecht geübt, schlecht bewaffnet, wie sie waren, schon in den ersten Wochen alle schwere Feldarbeit kriegsgewohnter Truppen tun müssen.

Daß sie das überhaupt vermocht, und daß sich schon damals einzelne Bataillone so brav geschlagen, daß sogar ihr Gegner York sie mit abgezogenem Hut begrüßte, dies ist, soviel bekannt, in der Kriegsgeschichte unerhört. Bald waren sie von den Truppen der Linie nicht zu unterscheiden, es war ein Wetteifer der Tapferkeit.

Billig rühmt der Sohn jener Zeit zuerst die Männer der Landwehr selbst, welche sich dem Rufe stellten. Aber nicht weniger wichtig war der Eifer, mit welchem das Volk daheim nach dem Gebot für den Krieg arbeitete. Jeder Beruf, jeder Bürger, die kleinsten Orte, entlegene Landkreise, trugen ihren Teil an dem Werk, oft war in ihnen, zumal wenn sie an der Grenze lagen, Leiden und Arbeit am größten. Eine einfache Einrichtung genügte für die Geschäfte in den Kreisen: eine Kreiskommission aus zwei Rittergutsbesitzern, einem Städter, einem Landbewohner gebildet, der Landrat des Kreises und der Bürgermeister der Kreisstadt waren fast immer die eifrigsten Mitglieder. Und es war allerdings eine Tätigkeit für einfache Männer, welche geeignet war, außergewöhnliche Kraft wachzurufen. Die Reste der französischen Armee mit ihrem Hunger und Typhus, die nachdrängenden Russen, durch mehre Monate in zweifelhafter Stellung, zwei Sprachen, die der neuen Freunde noch fremdartiger als die der weichenden Feinde, dazu die Roheit und Wildheit der neuen Bundesgenossen, deren Subalternoffiziere zum großen Teil nicht besser waren als ihre Leute, lüstern nach Branntwein und wenigstens bei den irregulären Truppen ebenso räuberisch und weit brutaler. Bald lernte der Kreiskommissar mit dem wilden Volk verkehren. Der Tabakkasten mit den Tonpfeifen stand geöffnet in der Amtsstube, es war ein endloses Kommen und Gehen der russischen Offiziere, sie stopften und rauchten, forderten Branntwein und erhielten das unschädliche Bier. Kam die Roheit bei den Fremden einmal zum Ausbruch, so lernte der preußische Beamte zuletzt die Unartigen mit ihren eigenen Waffen schlagen, mit dem Kantschu, den ihm vielleicht ein russischer Stabsoffizier zurückgelassen hatte, damit er mit seinen Leuten leichter fertig werde. Noch füllten die letzten Typhuskranken der Franzosen das Hospital der Stadt, die Baschkiren biwakierten mit ihren Filzmützen auf dem Marktplatz, die Einwohner zankten sich mit der fremden Einquartierung, jeden Tag wurden von den Russen Lebensmittel und Fuhren requiriert, Kuriere, russische und preußische Offiziere forderten

Vorspann, die Ackerbürger und die Bauern der nahen Dörfer klagten, daß ihre Pferde abgetrieben seien, kein Knecht zu finden und eine Bestellung des Ackers unmöglich. Und in solchem Wirrwarr kamen Befehle der eigenen Regierung, diktatorisch und gewaltsam, wie es die Zeit verlangte, und nicht immer praktisch, wie es bei der Eile natürlich war. Die Tuchmacher sollten Tuche liefern, die Schuhmacher Schuhwerk, Riemer und Sattler Patrontaschen und Sättel, soviel hundert Paar Stiefeln und Schuhe, so viel hundert Stück Tuch, soviel Sättel, alles in kurzen Wochen, ohne Geld, gegen unsicher Anweisungen. Die Handwerker aber waren zum größten Teil arme Leute, selbst ohne Kredit, wie sollte der Rohstoff beschafft werden, wie die Arbeiter bezahlt, wie das Leben getragen in diesen Wochen, in denen man den gewöhnlichen Verdienst, der jetzt grade kam, versäumte? Das ging nicht eine Woche, ein ganzes Jahr hindurch. Wahrlich, der Opfermut, welcher sich in Gaben betätigte und in Darbringung des eigenen Lebens, war in dieser großen Zeit das Hohe und Schöne; aber nicht minder ehrenwert war die aufopfernde, anspruchslose und unbemerkte Pflichterfüllung von vielen tausend Kleinen, welche, jeder in seinem Kreise, in der Stadt, im Dorf, für dieselbe Idee des Staats arbeiteten bis an die äußersten Grenzen der eigenen Kräfte.

Noch ungelöst ist die Frage, welche militärische Bedeutung in einem zivilisierten Lande die allgemeine Volksbewaffnung haben könne. Bis an die letzte Möglichkeit der Forderung ging das Gesetz über Errichtung des Landsturms. In dem ersten Erlaß (21. April) ist eine fast fanatische Strenge, die bei der späteren Aufnahme in die Gesetzsammlung (24. Juli) sehr gemildert wurde. Das Edikt übte eine große moralische Wirkung, es war eine scharfe Mahnung an den Säumigen, daß es sich jetzt für alle um Tod und Leben handle. Es hat durch seine drakonischen Paragraphen auch dem Feind imponiert. Aber es wurde sogleich nach seinem Erscheinen von unbefangenem Urteil scharf getadelt, weil es Unmögliches forderte, und es hat eine große praktische Wirkung nicht gehabt. Die Preußen waren von je ein kriegerisches Volk, aber sie waren 1813 nicht in dem Sinne kriegstüchtig, wie wohl jetzt. Neben dem stehenden Heere saß vor Einführung der allgemeinen Dienstpflicht der friedliche Bürger ohne jede Übung in Waffe und Massenbewegung, höchstens die alten Schützengilden hantierten mit altertümlichen

Schußwaffen. Jetzt aber hatte das Volk seine gesamte kampffähige Mannschaft ins Feld gesandt, hoch war bereits die Kraft gespannt, jede Familie hatte abgegeben, was sie von kriegerischem Mut besaß. Die älteren Männer, welche zurückblieben, ohnedies unentbehrlich bei der täglichen Arbeit des Feldes und der Werkstatt, waren durchaus nicht vorzugsweise befähigt, tapferen Waffendienst zu tun. So war es kein Wunder, daß grade dieses furchtbare Gesetz die heitere Kehrseite der großen Zeit zutage brachte, neben unendlichem gutem Willen auch Unbehilflichkeit und Spießbürgerei. Es wurde mit großer Erbauung gelesen, daß das ganze Volk in Waffen treten solle, dem andringenden Feinde zu widerstehen. Auch daß Weiber und Kinder zu einzelnen Geschäften verwendet werden sollten, war nach dem Herzen der Leser, zumal der unerwachsenen. Bedenklicher war schon der Satz, daß auf Feigheit Verlust der Waffen, Verdopplung der Abgaben und körperliche Züchtigung gesetzt sei, denn wer Sklavensinn zeige, solle als Sklave behandelt werden. Da war der arme kleine Handwerker, der kümmerlich seine Kinder vor dem Hunger bewahrte und nie ein Gewehr berührt hatte, auch jeder Balgerei sein Lebtag ängstlich aus dem Wege gegangen war, allerdings in der Lage, sich nachdenklich die schwierige Frage vorzulegen: was ist Feigheit? zumal gegenüber feindlichen Gewehren? Und wenn das Gesetz ferner verbot, in der Stadt, welche vom Feinde besetzt war, irgend Schauspiel, Ball, Lustbarkeit zu besuchen, nicht die Glocken zu läuten, keine Trauung zu vollziehen, zu leben wie in tiefster Trauer, so erschien auch das dem unbefangenen Sinn der Deutschen gewaltsam, mehr spanisch und polnisch, als deutsch.

Dennoch sah das Volk in der Begeisterung des Frühjahrs über die Härten weg, und rüstete sich zum Sturme. Schon vor dem Erlaß war in Ostpreußen durch patriotischen Sinn hier und da ähnliches eingerichtet worden. Jetzt verbreitete sich der Eifer durch die Städte, weniger auf dem offenen Lande. Begonnen wurde die Organisation fast überall, durchgeführt an mehren Orten. Die Fanale wurden aufgerichtet, von Berlin bis zur Elbe und nach Schlesien ragten die Lärmstangen, harzige Kiefern, auf welche eine leere Teertonne genagelt war, mit geteertem Stroh umwunden. Neben ihnen hielt ein Posten die Wache; sie haben mehr als einmal ihren Dienst getan. Jede Art Waffen wurden zusammengesucht, Jagdflinten und Pistolen, was auch § 43 der Vorordnung klug vorausgesehen hatte, wenn er bestimmte:»Zur Munition kann in Ermangelung von Kugeln jede Art von grobem Schrot benutzt werden, daher die Besitzer von Feuergewehren beständig Pulver und Blei hinreichend vorrätig haben müssen.« Wer kein Gewehr hatte, ließ sich, wie eben erst die Landwehrmänner, jetzt auch für den Sturm die Pike anfertigen; in Kompanien wurde exerziert, die Fleischer, Brauer, Vorwerker bildeten Schwadronen. Das erste Glied des Fußvolks waren Lanzenträger, das zweite und dritte trug womöglich Gewehre. Auch hierbei gingen die geistigen Führer des Volkes mit gutem Beispiel voran, sie wußten wohl, daß das nötig war. Es wurde grade ihnen nicht immer leicht, zumal wenn sie nicht mehr in der ersten Jugend lebten. In Berlin saßen Savigny und Eichhorn bereits im Landwehrausschuß, beim Landsturm war niemand eifriger als Fichte, seine Pike und die seines Sohnes lehnten im Vorsaal an der Wand, und es war eine Freude den eifrigen Mann zu sehen, wenn er auf dem Exerzierplatz die Waffe schwenkte und zur Attacke ausfiel. Man hatte ihn zum Offizier machen wollen, er hatte das mit den Worten abgelehnt:»Hier tauge ich nur zum Gemeinen.« Er, Buttmann, Rühs, Schleiermacher exerzierten in derselben Kompanie; Buttmann aber, der große Grieche, vermochte durchaus nicht rechts und links zu unterscheiden, er erklärte das für das schwerste. Rühs war in derselben Lage, und immer wieder begegnete den beiden Gelehrten, daß sie bei den Wendungen einander den Rücken zukehrten oder verdutzt in die Augen sahen. War dann einmal von dem Zusammentreffen mit dem Feind die Rede, und wie sich ein tapferer Mann dabei zu halten habe, dann hörte Buttmann zu, betrübt auf seinen Spieß gelehnt, und sagte endlich:»Ihr habt gut reden, ihr seid von Natur herzhaft.«[21]

Und sollte der Landsturm einmal mobil gemacht werden, zur Aufrechterhaltung der Sicherheit im Kreise, oder zum Dienst im Rücken des Feindes, auch in der Nähe der Festungen, welche noch von Franzosen besetzt waren, dann läutete die Sturmglocke und die Stadt geriet in stürmische Bewegung. Ängstlich packten die Hausfrauen Speise und Trank, Bandagen und Scharpie in die Tornister, – denn nach §42 des Reglements durfte niemand Tornister, Brotsack und Feldflasche vergessen, und nach §54 war es seine Pflicht, Provi-

---

[21] Nach Familienerinnerungen.

ant für drei Tage bei sich zu tragen, – und nicht selten empfanden die weiblichen Einwohner, wie die Frau eines Messerschmieds in Burg, welche vor dem Kommando die Erklärung abgab, ihr Mann müsse zurückbleiben, denn er sei der einzige Messerschmied im Orte, oder wie die Frau eines Uhrmachers, die den Gatten gezwungen hatte, sich zu verstecken. Er aber wurde von andern Frauen, deren Männer ausgezogen waren, erspürt, auf dem Kirchhof über ein Grab gelegt und mit der flachen Hand mütterlich abgestraft.

Wer als Kind jene Zeit durchlebt hat, der erinnert sich noch der Begeisterung, mit welcher auch die Knaben rüsteten. Die größeren traten ebenfalls in Kompanien zusammen und bewaffneten sich mit Piken. Auch der kleinere mußte einen tüchtigen Knüttel bewahren. Ein armer Knabe, der in einer Fabrik arbeitete, wurde gefragt, weshalb er keine Waffe führte. »Ich hab' alle Taschen voll Steine«, – die trug er gegen die Franzosen fortwährend mit sich herum.[22] Und keine Bestimmung der Landsturmordnung fand bei dem heranwachsenden Geschlecht so eifrigen Gehorsam, als §50: »Jeder Landstürmer trägt womöglich eine hellgellende Pfeife mit sich, um sich mit andern in der Dunkelheit zu erkennen und zu verständigen.« Durch angestrengten Fleiß lernte die Jugend jeder Akt von Signalpfeifen schrille Töne entlocken, und es ist Grund zu der Annahme, daß der virtuose Gebrauch der Pfeife, welche noch jetzt bei jeder Erregung der Straßen hörbar wird, zuerst durch den Franzosenhaß zu den geheimen Fertigkeiten unserer Jugend gefügt wurde. – Nur selten hat der Landsturm im Jahre 1813 militärischen Dienst geleistet. Er hat öfter die Landkreise von marodierendem Gesindel gesäubert, hat Wachen und Botendienste verrichtet; ernste Waffenarbeit gegen die Feinde hat er wohl nur in demselben Büren getan, welches schon unter Friedrich II. seine fahnenflüchtigen Söhne zum Heer des Königs zurückjagte. Dort trugen nach dem Frieden alle Männer die Kriegsmedaille. Aber fest haftet noch heut im Volk die Erinnerung an diese Einrichtung des großen Jahres, sie ist lebendiger geblieben, als andere von machtvollerer Wirkung. Noch heut rühmt sich der Alte, der damals nicht mit im Feld lag, daß er wenigstens daheim für das Vaterland die Waffe getragen hat. So ziemt

---

22 Aufzeichnung des Appellationsgerichtsrat Tepler, der selbst als Knabe mit dem Landsturm gegen die Franzosen in Magdeburg zu Felde zog.

auch den Söhnen daran zu gedenken. Denn von da an wurde in anderen Formen und mit strenger Zucht der allgemeine Waffendienst des Volks Stolz und Vorzug der deutschen Wehrkraft.

Während aber in den Städten daheim das gefahrlose Spiel dicht bei furchtbarem Ernste lag, war doch Ohr und Auge eines jeden unablässig in die Ferne gerichtet. Der wilde Krieg hatte begonnen. Um die Lieben, die gegen den Feind rangen, um das Geschick des Vaterlandes sorgten unablässig die Zurückgebliebenen. Kein Tag, der nicht Gerüchte, kein Posttag, der nicht bedeutungsvolle Ereignisse verkündete. Das eigene Leben schwand fast dahin vor der Sehnsucht und Erwartung, womit man über die Stadtmauern in die Ferne sah. Jeder kleine Erfolg der Waffen erfüllte mit Entzücken. An der Tür des Rathauses, in der Kirche, im Theater, wo sich irgend Menschen zusammenfanden, wurde er verkündet. Am 5. April war das Gefecht bei Zehdenick, der erste zweifellose Sieg der Preußen, weit herum in der Landschaft eilten die Leute auf die Kirchtürme, zuerst eine Kunde zu erspähen. Und als der Geschützdonner schwieg und die frohe Botschaft durch die Landschaft lief, da kannte die Freude keine Grenzen. Alles Löbliche wurde stolz gerühmt, vor allem die tapfere Batterie, welche mit Geschütz und Pulverwagen durch den brennenden Flecken Leitzkau auf den Feind zugejagt war, mitten durch die Flammen, welche über ihr zusammenschlugen; dann die schwarzen Husaren mit dem Totenkopf, wackere Litauer, welche die geputzten roten Husaren aus Paris beim ersten Ansprung überritten hatten. Und als der Gutsherr des Fleckens darauf in den Zeitungen für seine armen abgebrannten Leute sammelte und sich dabei entschuldigte, daß er in solcher Zeit noch für Privatunglück Hilfe erbitte, da vergaß man auch die Landsleute nicht, welche dort zuerst durch den Krieg gelitten hatten.

Lauter wurde das Getöse des Krieges, grimmiger der Zusammenstoß der Massen, Siegesjubel und bange Sorge nahmen in schnellem Wechsel die Herzen der Zurückgebliebenen gefangen. Nach der Schlacht bei Großgörschen wurde verkündet, daß den Verwundeten Hilfe nottue: Decken, Binden, Verbandzeug. Da begann überall im Volke ein Sammeln von Leinwand und ein Scharpiezupfen. Unermüdlich zogen Kinder und Erwachsene die Fäden alter Leinwand auseinander, die Frauen schnitten Binden, der Lehrer sogar schnitt in der Schule mit der Papierschere die Lappen zurecht, welche ihm

Mädchen und Knaben nach seiner Forderung von Hause mitgebracht hatten, und mit heißen Wangen zerzupften die Kinder, während er lehrte, ihre Stücke zu großen Ballen. Es wurde eine gewöhnliche Abendarbeit der Familien. Es konnte den Kriegern doch ein wenig helfen.

In der Nähe der verbündeten Heere, in den Hauptstädten wurden große Lazarette eingerichtet, überall traten die Frauen helfend dazu, Hofdamen, Schriftstellerinnen, wie Rahel Levin, treue Hausmütter. In einem großen Lazarett Berlins waren Frau Fichte und Frau Reimer die Vorsteherinnen der weiblichen Pflege. Das Lazarett war durch die heimkehrenden Franzosen zu einem Pestort geworden, bösartige Nervenfieber herrschten und die Phantasien der Kranken machten den Aufenthalt entsetzlich. Der Gattin Fichtes graute vor dem Furchtbaren, er aber suchte sie in seiner großen Weise festzuhalten. Da wurde auch sie vom Nervenfieber befallen; er pflegte die Erkrankte, wurde angesteckt und fand selbst den Tod. Auch Reil, der große Arzt und Gelehrte, erlag dort in seiner menschenfreundlichen Arbeit. Frau Reimer aber hielt aus. Ihr Haus war vor dem Kriege ein Sammelpunkt für die preußischen Patrioten gewesen, jetzt stritt ihr Hausherr als märkischer Landwehrmann unter Putlitz. Die Sorge um den Gatten, um sein Geschäft, um ihre kleinen Kinder, das alles nahm der tapferen Frau nicht Mut, nicht Zeit; vom Morgen bis zum Abend, das Frühjahr, den Sommer war sie in der aufregenden Tätigkeit, unermüdlich teilte sie sich zwischen dem Hause und der Krankenpflege, unzerstörbar erschien ihr selbst ihr Leben.[23] Dem Gatten, den Freunden, den Zeitgenossen war dieser Eifer natürlich und selbstverständlich. In ähnlicher Weise haben deutsche Hausfrauen an allen Orten ihre Pflicht gefaßt, mit größter Selbstverleugnung opferfreudig, in stiller dauerhafter Kraft.

Die furchtbare Schlacht bei Bautzen kam, der Waffenstillstand folgte. Sorgenvoller wurde der Blick der Preußen. Ströme von Blut waren geflossen, ihr Heer zurückgedrängt, der Kaiser schien für irdische Waffen unbesiegbar. Und doch, obgleich grade die Klügsten einige Wochen finster in die Zukunft schauten, dem Volke erhielt eine richtige Empfindung das Selbstgefühl und den gehobenen Entschluß. Vertrauen zu Gott, zur guten Sache, zur eigenen Kraft

---

[23] Sie starb 1864 in Berlin als Mutter eines großen Geschlechts.

war die Grundstimmung. Jeder sah, daß die preußische Kraft in diesem Feldzug unvergleichbar stärker war, als im unseligen letzten Kriege. Nur noch wenig schien an Stärke zu fehlen und man warf den Tyrannen; wenn man die Anstrengung noch um etwas erhöhte, so mochte er hinweggeschleudert werden. Die freiwilligen Beiträge gingen fort, noch im Spätherbst wurde über den Empfang quittiert. Die Ausrüstung der Landwehren wurde beendet, überall schnitt, nähte, pochte der Handwerker für seinen König und das Vaterland.

Und wieder begann der Drang des Krieges, Stoß und Gegenstoß, Flut und Rückschlag; hart drängten die Heere, bald sah man vom Turm die Heerhaufen der Feinde, bald der Freunde heranziehen. Die Städte und Landschaften im Westen von Berlin und Breslau erfuhren jetzt selbst das Schicksal des Krieges. Ach, seine schrecklichen Bilder sind dem Deutschen nicht fremd, bis zur Zeit unserer Väter haben sie fast jeder Generation deutscher Bürger die Seele erschüttert.

Dumpfe kurze Schläge in der Luft; es ist ferner Kanonendonner. Auf dem Markt, vor den Toren stehen lauschende Haufen, wenig wird gesprochen, halbe Worte mit gedämpfter Stimme, als fürchte der Sprecher den Klang in der Luft zu übertönen. Vom Kranz der Türme, vom Giebel der Häuser, welche dem Kampfplatz zu liegen, spähen die Augen der Bürger ängstlich in die Ferne. Am Rande des Horizonts liegt es wie eine weiße Wolke im Sonnenlicht, nur zuweilen regt es sich darin, ein helles Aufleuchten, ein dunkler Schatten. Aber auf den Seitenwegen, welche aus den nächsten Dörfern von der Landstraße seitab führen, bewegen sich dunkle Haufen. Es sind flüchtige Landleute, welche quer durch das Land in den Wald oder in die Berge ziehen. Jeder trägt auf den Schultern, was er zusammenraffte, nur wenige vermögen ihre Habe zu fahren, denn Wagen und Pferde sind ihnen schon seit Wochen vom Kriegsvolk genommen, Buben und Männer treiben mit ängstlichem Schlag ihre Herden, laut jammernd tragen die Weiber ihre kleinsten Kinder. Und wieder ein Rollen in der Luft, deutlicher, heller. In wildem Rennen stürmt ein Reiter durch das Stadttor und wieder einer. Die Unsern ziehen sich zurück. Die Haufen der Bürger fahren auseinander, angstvoll rennt das Volk in die Häuser und wieder auf die Straßen; auch in der Stadt beginnt die Flucht. Laut ertönt Schrei, Zuruf und Klage. Wer noch ein Gespann besitzt, reißt die Rosse zur Deichsel, die Tuchmacher werfen ihre Ballen, der Kaufmann die wertvollsten Kisten auf das Geflecht, oben darauf die eigenen Kinder und die der Nachbarn. Zu den abliegenden Toren drängt Fuhrwerk und der Haufen flüchtiger Menschen. Ist ein sumpfiges Bruchland, schwer zugänglich, oder ein dichter Wald in der Nähe, so geht die Flucht dorthin. Unwegbare Verstecke, noch von der Schwedenzeit her bekannt, werden jetzt wieder aufgesucht. Dort sammeln sich große Scharen, enge gedrängt; unter Rindern und Füllen birgt sich der Städter und der Landmann durch mehre Tage. Zuweilen noch länger. Nach der Schlacht bei Bautzen hauste die Gemeinde Tillendorf bei Bunzlau über eine Woche im nahen Walde, ihr treuer Seelsorger, Senftleben, begleitete sie und hielt in der Wildnis auf Ordnung, auch ein Kind hat er dort getauft.[24]

Wer aber in der Stadt bei seinem Eigentum oder in seiner Pflicht zurückbleibt, der ist eifrig, die Seinen und die Habe zu verdecken. Lange ist der Fall überlegt und erfinderisch sind Schlupfwinkel ausgedacht. Hat gar die Stadt den besonderen Grimm des Feindes zu fürchten, weil sie durch preußischen Eifer auffällig wurde, dann drohen ihr Brand, Plünderung, Verjagen der Bürger. In solchem Fall tragen die einzelnen Mitglieder der Familie das Gold fest eingenäht in ihren Kleidern.

Eine angstvolle Stunde verrinnt in fiebrigem Hoffen. Auf der Straße rasseln die ersten Verkünder des Rückzugs, beschädigte Geschütze, von Kosaken eskortiert. Langsam ziehen sie zurück, ihre Mannschaft ist unvollständig, von Pulver geschwärzt, mehr als einer wankt verwundet. Die Infanterie folgt, Wagen überfüllt mit wunden und halbtoten Kriegern. Die Nachhut postiert sich, am Tor und den Straßenecken den Feind erwartend. Halbwüchsige Buben laufen aus den Häusern und tragen den Kriegern noch zu, wonach sie gerufen, einen Trunk, ein Brot, sie halten den Wunden die Tornister und helfen bei schnellem Verbande.

Staubwolken auf der Landstraße. Der erste feindliche Reiter nähert sich dem Tor; vorsichtig spähend, den Karabiner auf dem rechten Schenkel; da fällt aus der Nachhut ein Schuß, auch der Chasseur schießt seinen Karabiner ab, wendet das Pferd und zieht sich zu-

---

[24] Aus dem Tagebuch des Pastor Fricke in Bunzlau.

rück. Gleich darauf dringt der feindliche Vortrab im schnellen Trabe vor, die preußischen Tirailleurs ziehen sich von Stellung zu Stellung zurück und feuern. Endlich hat der letzte die Häuserreihe verlassen. Draußen am Tore sammeln sie sich noch einmal, die feindlichen Reiter, die sich wieder geordnet, aufzuhalten.

Leere Straßen, lautlose Stille. Auch die Knaben, welche die preußischen Tirailleurs begleitet haben, sind verschwunden, die Vorhänge der Fenster werden herabgelassen, die Türen geschlossen, aber hinter Vorhang und Tor spähen ängstliche Blicke auf den heranziehenden Feind. Plötzlich ein rauher tausendstimmiger Ruf: *Vive l'empereur!* und wie eine Wasserflut stürzt französisches Fußvolk in die Stadt. Sogleich dröhnen die Kolbenschläge an den Haustüren, öffnet sich eine Tür nicht schnell, so wird sie zornig erbrochen. Und nun folgt der wüste Streit, welchen der schutzlose Bürger mit dem gereizten Feind auszumachen hat, unerschwingliche Forderungen, Drohung, nicht selten Mißhandlung und Todesgefahr, überall Geschrei, Jammern, Gewalttat. Schränke und Truhen werden erbrochen, Wertvolles und Wertloses geraubt, verdorben, zerschlagen, am meisten bei solchen, welche geflohen sind, denn die Habe ihres ungastlichen Hauses ist nach Soldatenbrauch dem Eindringenden verfallen. Die Behörden der Stadt werden auf das Rathaus geschleppt, und über die Quartiere der Truppen, über Lieferung von Lebensmitteln und Furage und über eine unmögliche Kontribution, welche die Stadt zahlen soll, beginnt die peinliche Verhandlung.

Können die feindlichen Führer nicht durch Geschenke befriedigt werden, oder soll die Stadt eine Strafe erhalten, so werden angesehene Einwohner zusammengetrieben, festgehalten, bedroht, vielleicht beim Aufbruch als Geiseln fortgeführt. Lagert ein größeres Korps um die Stadt, so biwakiert auch wohl ein Bataillon auf dem Markt. Schnell ist der Franzose eingerichtet, aus den Vorstädten hat er sich Stroh herbeigeholt, die Lebensmittel hat er unterwegs geraubt, zum Brennholz zerschlägt er die Türen und Möbeln, häßlich dröhnt das Krachen der Äxte in den Balken und Schränken der Häuser. Hell flackern die Lagerfeuer auf, lautes Lachen, französische Lieder klingen um die Flammen.

Und zieht am Morgen nach einer Nacht, die der Bürger ängstlich durchwachte, der Feind wieder ab, dann sieht der Städter erstaunt die schnelle Verwüstung in der Stadt, und vor dem Tor die plötzliche Verwandlung der Landschaft. Das unabsehbare Getreidemeer, welches gestern um seine Stadtmauern wogte, ist verschwunden, von Roß und Mann zerwühlt, niedergestampft, zertreten; die Holzzäune der Gärten sind zerbrochen, Sommerlauben, Gartenhäuser abgerissen, Fruchtbäume abgehauen. In Haufen liegt das Brennholz um die erlöschenden Wachtfeuer, der Bürger mag darin die Bretter seines Wagens, die Tore seiner Scheuer finden; kaum erkennt er die Stelle, wo sein eigner Garten war, denn mit Lagerstroh und wüstem Unrat, mit dem Blute und Eingeweide geschlachteter Tiere ist der Platz bedeckt. Und in der Ferne, wo die Häuser des nächsten Dorfes aus dem Baumlaub ragten, erkennt er auch die Umrisse der Dächer nicht mehr, nur die Wände stehen, wie ein Trümmerhauf.

Herb war es, solche Stunden zu durchleben, und auf Tage fiel wohl manchem der Mut. Auch dem Begüterten wurde jetzt schwer, den Seinen nur das Leben zu fristen. Alles war aufgezehrt und verwüstet, die Lebensmittel der Stadt und der Umgegend, und kein Landmann brachte das Unentbehrliche auf den Markt, weit in das Land mußte man senden, den Hunger zu stillen. Aber der Mensch wird bei einer schnellen Folge großer Ereignisse kälter, zäher, härter gegen sich selbst, der starke Anteil, welchen jeder einzelne an dem Schicksal des Staates nahm, machte gleichgültiger gegen die eigene Not. Nach jeder Gefahr empfand man mit Behagen, daß man das Letzte, das Leben, doch gerettet. Und man hoffte.

Nicht lange, und die verheerende Welle schlägt zurück. Wieder dröhnt der Geschützdonner, rasseln die Trommeln. Die Unseren sind vorgedrungen, um die Stadt tobt der wilde Kampf. Gegen den Feind, der noch die westliche Vorstadt hält, dringen die preußischen Bataillone in die Straßen und auf den Markt. Es ist junge Landwehr, die heut ihre Bluttaufe erhalten soll. Die Kugeln pfeifen durch die Straßen, sie schlagen die Dachziegel und den Kalk von den Häusern, die Bürger haben Frauen und Kinder wieder in Kellern und abgelegenen Räumen geborgen. Auf dem Marktplatz halten die Bataillone, Munitionswagen werden aufgefahren und geöffnet. Die ersten Kompanien dringen vor, an demselben Tor, durch welches vor wenigen Tagen der Feind in die Stadt stürzte, brennt der heiße Kampf, im Anlauf wird der Feind zurückgeworfen, aber neue Haufen setzen sich in den Häusern der Vorstadt fest und ringen um den Eingang in die Straßen. Schwer verwundete, verstümmelte Männer werden aus den Kampflinien zurückgetragen und auf dem Markte niedergelegt, mehr als einmal müssen die Kämpfenden abgelöst werden. Wenn die Kameraden aus dem Gefecht zurückkehren, das Antlitz von Pulver geschwärzt, mit Schweiß und Blut bedeckt, da will der ungeübten Mannschaft fast der Mut entsinken, aber die Offiziere, auch sie vielleicht zum erstenmal vor dem Handgemenge, springen vor:»Vorwärts, Kinder, das Vaterland ruft!« schallt es in die Reihen. Einmal ist es dem Feind gelungen, das Obertor zu erstürmen, aber kaum ist er in die erste Straße gedrungen, die zum Markte führt, so wirft sich ihm eine Kompanie Landwehr mit lautem Hurra entgegen, treibt ihn zum Tore hinaus und hält das Tor fest.[25]

Der Donner dröhnt, der feurige Hagel schlägt durch Türen und Fenster, die Toten liegen auf dem Pflaster und den Schwellen der Häuser. Da vermag, wer von den Bürgern ein mannhaftes Herz hat, nicht länger die geschlossene Luft seines Verstecks zu ertragen. Dicht hinter den fechtenden Landsleuten drängt er sich in die Nähe des Kampfes. Die Verwundeten hebt er vom Pflaster und trägt sie sich auf dem Rücken in das Haus oder ins Lazarett. Nicht die Letzten sind wieder die Knaben, sie holen Wasser und rufen in die Häuser nach einem Trunk, sie stützen die Verwundeten, sie klettern auf den Munitionswagen und reichen die Patronen herab, stolz auf ihre Arbeit, unbekümmert um das pfeifende Blei. Ja auch Frauen stürzen aus den Häusern, in den Schürzen geschnittenes Brot, in den Händen die gefüllten Krüge. Es mag doch etwas helfen für das Vaterland.

Das Gefecht ist vorüber, der Feind zurückgeschlagen. Da bewegt sich im heißen Sonnenschein ein trauriger Zug durch die Stadt, gefangene Feinde, von Kosaken eskortiert. Hartherzig treiben die Reiter den ermatteten Haufen, auf dem freien Platz der Vorstadt wird kurze Rast gestattet. Erschöpft, wund, halb ohnmächtig legen sich die Gefangenen in den Staub der Landstraße, es ist der zweite Tag, daß sie nicht Speise, nicht Trank erhalten; nicht einmal einen Trunk aus Brunnen oder Graben haben die Treiber gestattet, mit

---

[25] Szene aus dem Gefecht in Goldberg am 23. August, nach Mitteilung eines Augenzeugen.

Schlägen und Lanzenstößen haben sie die Ermatteten gemißhandelt. Jetzt flehen diese mit ausgestreckten Händen in ihrer Sprache zu den Städtern, welche neugierig und teilnahmvoll umherstehen. Es ist in der Mehrzahl junges Franzosenvolk, das hier wimmert, arme Knaben, bleich und verfallen die Gesichter. Wieder eilen die Bürger mit Speise und Trank herzu, reichliche Haufen von Brot werden herangetragen; aber die Russen hungern selbst, sie stoßen die herantretenden Leute rauh zurück und entreißen ihnen die Gaben. Da legen die Hausfrauen Körbe und Flaschen in die Hände ihrer Kinder, ein beherzter Knabe springt voran, die kleine Schar, Mädchen und kleine Buben trippeln nach, mitten unter die liegenden Gefangenen, auch die kleinsten wanken tapfer von Mann zu Mann und teilen lächelnd aus, unbekümmert um die bärtigen Wächter.[26] Denn der Kosak tut den Kindern nichts zuleide. Der Deutsche aber ist auch gegen seine Feinde nicht unbillig.

Wer aber aus dem nahen Gefecht einen wunden Landsmann in sein Haus geholt hat, wie treu und sorglich pflegt er ihn! Er ist dem Hause wie der eigne Sohn und Bruder, der fern beim Heere des Königs steht. Das beste Zimmer, ein weiches Lager wird ihm bereitet, selbst überwacht die Hausfrau Verband und Wartung.

Denn das ganze Volk fühlte sich wie eine große Familie. Der Unterschied der Stände, die Verschiedenheit des Berufes trennten nicht mehr, Freude und Leid waren gemeinsam, auch von Habe und Erwerb ward williger mitgeteilt. Die Fürstentochter stand neben der Frau des Handwerkers in demselben Verein, und beide berieten eifrig und achtungsvoll miteinander, und der feste Landjunker, der noch vor wenig Monaten jeden bürgerlichen Mann in seiner Ressource als Eindringling betrachtet hätte, ritt jetzt wohl täglich vom Gute nach der Stadt, um bei seinem neuen Freunde, dem Ratsherrn oder Fabrikanten, die Kriegspfeife zu rauchen und mit ihm über die Neuigkeiten und über das zu plaudern, was beiden das Liebste war, über das Regiment, in welchem ihre Söhne nebeneinander fochten. Freier, sicherer, besser wurden die Menschen in dieser Zeit, die grämliche Pedanterie des Beamten, der Hochmut des Edelmannes,

---

[26] So am 22. Mai in Bunzlau während des Rückzugs nach der Schlacht bei Bautzen; die Gefangenen, rote Husaren, lagen in der Vorstadt neben dem Galgenteich.

selbst der mißtrauische Eigennutz des Bauern waren den meisten wie Staub von gutem Metall weggeblasen, Selbstsucht wurde von jedermann verachtet, altes Unrecht, lange genährter Groll war vergessen, der Kern der Menschen war für alle sichtbar zutage gekommen. Wie sich jeder gegen den Staat gezeigt, danach wurde er beurteilt. Überrascht sahen die Leute in Stadt und Land, daß plötzlich neue Charaktere unter ihnen zur Geltung kamen; manch kleiner Bürger, der bis dahin wenig beachtet war, wurde Ratgeber, Freude und Stolz der ganzen Stadt. Wer sich aber schwach gezeigt, dem gelang es selten, das Vertrauen seiner Mitbürger wiederzugewinnen, der Makel haftete an ihm, solange die Generation lebte. Und diese freie und großartige Auffassung des Lebens, der herzliche gesellige Ton und der unbefangene Verkehr verschiedener Stände dauerten noch Jahre nach dem Kriege. Ältere der Mitlebenden wissen wohl davon zu erzählen. Und als nach dem Waffenstillstände die glorreiche Zeit der Siege kam, Großbeeren, Hagelsberg, die Katzbach, Dennewitz, als einzelne Gestalten preußischer Feldherren sich immer höher vor den Augen des Volkes erhoben, und Millionen die Freude wurde, stolz zu sein auf das Heer und seine Führer; als endlich die Völkerschlacht geschlagen und das Größte erreicht war, die Niederlage und Flucht des verhaßten Kaisers und die Befreiung des Landes von seinen Heeren, da wurde auch die höchste Freude, wie in der Zeit lag, mit stiller Innigkeit genossen. Die Leute eilten in die Kirche und hörten ehrfürchtig die Dankesworte des Geistlichen an, und am Abend setzten sie, ihre Straße erleuchtend, die Lichter ans Fenster.

Diese Festfeier war nicht neu. Sooft in den letzten Jahren feindliche Truppen des Abends in die Stadt gerückt waren, hatten sie nach Lichtern gerufen; wo französische Besatzung lag, hatten die Bürger bei jedem Siege, den der gehaßte »Verbündete« ihres Königs verkünden ließ, erleuchten müssen. Jetzt geschah das allerdings freiwillig. Jeder hatte Übung darin und in jedem Hause stand die einfache Vorrichtung bereit. Vier Lichter am Fenster waren damals schon eine ansehnliche Sache, auch der Ärmste sparte die Kreuzer für zwei, und benutzte, wo ihm die Lichter fehlten, nach alter Gewohnheit die stets nützliche Kartoffel; der Unternehmende wagte wohl auch ein Transparent, und ein armes Mütterchen hing neben den Lichtern die beiden Briefe aus, die ihr Sohn aus dem Felde geschrieben hatte. Auch solche Feier war damals einfach und anspruchslos. Jetzt machen wir dergleichen weit glänzender.

In den östlichen Provinzen des preußischen Staates begann die große Erhebung; wie sie dort sich im Volke dargestellt, wurde zu schildern versucht. Aber dieselbe starke Strömung flutete auch in den Ländern jenseit der Elbe, nicht nur in den altpreußischen Landesteilen, auch an den Küsten der Nordsee, in Mecklenburg, Hannover, Braunschweig, Thüringen, Hessen. Sie umfaßte die Landschaften, welche im 18. Jahrhundert größere Kriegstüchtigkeit bewährt haben. In den Ländern des alten Reichs ergriff sie nur einzelne. Die neuen Staaten, welche dort unter französischem Einfluß entstanden waren, sollten erst später auf einem Umwege das Bedürfnis zu innigem Anschluß an den größeren Teil der Nation erhalten. Für Österreich aber war dieser Krieg ein Akt politischer Klugheit.

Noch zwei Jahre hoher Anspannung, blutiger Schlachten folgten, wieder drängte sich die aufblühende Jugend, der im ersten Jahre Alter und Kraft gefehlt hatten, mit starker Begeisterung in die Reihen des Heeres. Aber es war ein anderer Krieg und andere Siege, denn nicht mehr um das Leben Preußens und Deutschlands wurde gerungen, sondern um Leben und Untergang des fremden Kaisers.

Das Jahr 1813 hat Deutschland von der Herrschaft eines fremden Volkes befreit, wieder schwebte der preußische Adler jenseit des Rheins über den alten Toren von Cleve. Es hat die Mehrzahl der deutschen Stämme durch einen neuen Kreis sittlicher Interessen brüderlich verbunden. Es hat zum erstenmal, seit es eine deutsche Geschichte gibt, durch eine gewaltige Entwicklung der Volkskraft eine ungeheure politische Entscheidung herbeigeführt. Es hat die Stellung der Nation zu ihren Fürsten durchaus geändert. Denn es hat über den Interessen der Dynastien und dem Hader der Regierungen die Existenz einer stärkeren Gewalt erwiesen, welche sie alle scheuen, ehren, gewinnen müssen, um sich auf die Dauer zu behaupten. Es hat jedem einzelnen Manne einen größeren Inhalt gegeben, Teilnahme am Ganzen, politische Leidenschaft, die höchsten irdischen Interessen, ein Vaterland, einen Staat, für den er zu sterben, allmählich auch zu leben lernte.

Die Preußen haben den größten Anteil an der Arbeit dieses Jahres, das wird ihnen das übrige Deutschland nie vergessen.

Uns aber, den Söhnen des Geschlechts von 1813, ziemt nicht, den glorreichen Kampf unserer Vater zu verkleinern, weil sie auch uns zu tun übrigließen.

Fast allen, welche die große Zeit kämpfend und opfernd durchlebt, blieb die Erinnerung daran der größte Besitz ihres späteren Lebens, vielen umgab sie wie mit einem verklärenden Scheine das Haupt. Und von Tausenden wurde dasselbe empfunden, was der warmherzige Arndt aussprach: »Wir können nun zu jeder Stunde sterben, wir haben auch in Deutschland das gesehen, weswegen es allein wert ist zu leben, daß Menschen in dem Gefühl des Ewigen und Unvergänglichen mit der freudigsten Hingebung alle ihre Zeitlichkeit und ihr Leben darbringen können, als seien sie nichts.« –

In den Kirchen des Landes aber wurde zur Erinnerung für das spätere Geschlecht eine einfache Tafel aufgehängt, darauf das eiserne Kreuz der großen Zeit und die Namen der gefallenen Männer. Es ist auch in mäßigem Kirchspiel eine lange Reihe von Namen.

Und da in diesen Blättern versucht wird, aus den Worten vergangener Menschen ein Bild der Zeit zu geben, in welcher sie atmeten, so soll auch hier eine Aufzeichnung aus dem Jahre 1813 mitgeteilt werden.

»Unser Sohn George wurde am 2. April in seinem zweiundzwanzigsten Jahre in dem ewig denkwürdigen Gefecht zu Lüneburg von einer Kugel getroffen. Als freiwilliger Jäger im leichten Bataillon des ersten Pommerschen Regiments focht er nach dem Zeugnis seines braven Chefs, des Hrn. Majors von Borcke, nahe bei diesem mit Mut und Entschlossenheit und starb so den Tod für Vaterland, deutsche Freiheit, Nationalehre und unsern geliebten König. Ein so schneller Verlust ist hart, aber es ist tröstend, daß auch wir einen Sohn geben konnten zu dem großen heiligen Zweck. Wir fühlen tief die Notwendigkeit solcher Opfer.

Berlin, den 9. April 1813.
Der Regierungsrat
und
Ober-Kommissarius Hase und seine Gattin.[27]

Auch der Teil des Volkes, welcher nicht gewöhnt ist, seine Empfindung der Schrift zu überliefern, fühlte dasselbe. Als der Lützower Gutike[28] im Sommer 1813 von Berlin nach Perleburg abging, fand er in dem Orte Kletzke die Wirtin in Trauer: sie machte sich schweigend um den Gast zu tun, und sagte endlich mit der Hand nach der Erde weisend: »Ich habe auch einen dort unten, – aber die Peters hat zwei.« Sie fühlte das bessere Recht der Nachbarin.

---

[27] Vossische Zeitung Nr. 45 vom 15. April.

[28] Gestorben als praktischer Arzt in Halle. Die Mitteilung ist aus dem Munde des verehrten Mannes.

Über tredition

Eigenes Buch veröffentlichen

tredition wurde 2006 in Hamburg gegründet und hat seither mehrere tausend Buchtitel veröffentlicht. Autoren veröffentlichen in wenigen leichten Schritten gedruckte Bücher, e-Books und audio-Books. tredition hat das Ziel, die beste und fairste Veröffentlichungsmöglichkeit für Autoren zu bieten.

tredition wurde mit der Erkenntnis gegründet, dass nur etwa jedes 200. bei Verlagen eingereichte Manuskript veröffentlicht wird. Dabei hat jedes Buch seinen Markt, also seine Leser. tredition sorgt dafür, dass für jedes Buch die Leserschaft auch erreicht wird.

Im einzigartigen Literatur-Netzwerk von tredition bieten zahlreiche Literatur-Partner (das sind Lektoren, Übersetzer, Hörbuchsprecher und Illustratoren) ihre Dienstleistung an, um Manuskripte zu verbessern oder die Vielfalt zu erhöhen. Autoren vereinbaren direkt mit den Literatur-Partnern die Konditionen ihrer Zusammenarbeit und partizipieren gemeinsam am Erfolg des Buches.

Das gesamte Verlagsprogramm von tredition ist bei allen stationären Buchhandlungen und Online-Buchhändlern wie z. B. Amazon erhältlich. e-Books stehen bei den führenden Online-Portalen (z. B. iBookstore von Apple oder Kindle von Amazon) zum Verkauf.

Einfach leicht ein Buch veröffentlichen: **www.tredition.de**

Eigene Buchreihe oder eigenen Verlag gründen

Seit 2009 bietet tredition sein Verlagskonzept auch als sogenanntes "White-Label" an. Das bedeutet, dass andere Unternehmen, Institutionen und Personen risikofrei und unkompliziert selbst zum Herausgeber von Büchern und Buchreihen unter eigener Marke werden können. tredition übernimmt dabei das komplette Herstellungs- und Distributionsrisiko.

Zahlreiche Zeitschriften-, Zeitungs- und Buchverlage, Universitäten, Forschungseinrichtungen u.v.m. nutzen diese Dienstleistung von tredition, um unter eigener Marke ohne Risiko Bücher zu verlegen.

Alle Informationen im Internet: **www.tredition.de/fuer-verlage**

tredition wurde mit mehreren Innovationspreisen ausgezeichnet, u. a. mit dem Webfuture Award und dem Innovationspreis der Buch Digitale.

tredition ist Mitglied im Börsenverein des Deutschen Buchhandels.

Dieses Werk elektronisch lesen

Dieses Werk ist Teil der Gutenberg-DE Edition DVD. Diese enthält das komplette Archiv des Projekt Gutenberg-DE. Die DVD ist im Internet erhältlich auf **http://gutenbergshop.abc.de**

MIX

Papier | Fördert
gute Waldnutzung

FSC® C083411

Zeitfracht Medien GmbH
Ferdinand-Jühlke-Straße 7
99095 Erfurt, Deutschland
produktsicherheit@kolibri360.de